集英社オレンジ文庫

ノベライズ

君が心をくれたから 1

山本 瑤

脚本／宇山佳佑

本書は書き下ろしです。

Contents

序……………………………………… 6

第一話　赤い傘と花火の約束……………10

第二話　マカロンは恋と夢の味………… 101

第三話　初恋の想い出…………………… 154

第四話　青い春の香り…………………… 198

第五話　すべて魔法のせいにして……… 243

宇山佳佑
特別短編
Rain Story『クリスマスと小さな二文字』……… 289

ノベライズ

君が心をくれたから

1

序

新年を祝う美しい賛美歌が、冬の夜空に響き渡る。

夜半過ぎから降り出した雨は次第に激しさを増し、その雨音を蹴散らすように、人々は強く優しい祈りを歌い上げる。

長崎、南山手――大浦天主堂は、天草地方に花開いたキリスト教文化の象徴である。禁教下で弾圧されながら、二百五十年もの間、信仰を守ってきた潜伏キリシタンたちは、この地で再び自由を得た。

教会入口付近に佇むマリア像は、その「信徒発見」を記念し、フランスから贈られたもの。

今、そのマリア像は、降りしきる冷たい雨に濡れ、まるで泣いているようだ。

天主堂の前、石畳の道を、黒い傘を差した男がひとり、歩いてゆく。豪雨のため、外を歩く者はほかにいない。

男は喪服姿だ。皺ひとつない、上質な背広に、ウィンザーノットに結ばれた黒いタイ。

やや長めのウェーブがかかった黒髪は、雨に濡れて艶を増している。整った面立ちに、口元と顎の控えめな髭がよく似合う。瞳には憂いが見られ、暗く悲しい、冬の海を彷彿とさせた。

彼は雨の中、大浦海岸通りに足を向ける。その歩みは重く、表情はますます暗い。

美しい賛美歌も、闇夜に明るく浮かび上がる荘厳な天主堂も、背後に遠ざかる。世界は闇に侵食され――真夜中の国道に、無慈悲なブレーキ音が響き渡った。

開かれた赤い折り畳み傘が、雨に濡れた国道に落ちている。まるで無理やり手折られた花のようだ。

その近くで、ひとりの女がへたり込んでいた。全身雨に濡れ、顔色は紙のように白く、茫然自失の状態だ。

彼女の細い腕の中には、意識を失った青年がいる。

「お願い……誰か……誰か助けて……！」

青年の頭からは鮮血が流れていた。不吉に鮮やかな血は、雨に溶け、アスファルトに吸い込まれていく。

彼女は懸命に助けを呼び、同時に彼を強く、強く抱きしめた。

雨に濡れたふたりは、まるでピエタ像のようだ。磔にされ死んだキリストを抱きかかえ、嘆くマリア――彼女の顔が、天主堂前の雨に濡れたマリア像と重なる。

喪服姿の男は、彼らに近づいてゆく。彼女の瞳に、男の、黒い靴先(くつさき)が映りこんだ。

「私は案内人の日下(くさか)です。朝野太陽(あさのたいよう)君を迎えに来ました」

雨の音が遠のき、男の声が低い調べのように響き渡った。

「案内人……？」

彼女は、その瞬間に、察したようだ。

男の佇まい。眼差(まなざ)し。そして印象的なのに、どこか不吉な、静かな声。

男が天からの使者だと。

咄嗟(とっさ)に、青年を守るようにぎゅっと抱きしめ、何度も、何度も首を振った。

「助けてください……なんでもします……だから」

「なんでも？」

男、日下は問い返したが、続く言葉はよどみのないものだった。まるでこのやり取りを予期していたかのように。

「ならば、あなたに奇跡を授けましょう。受け入れるのなら、彼の命は助けます」

「奇跡……？」

「奪わせてください」

「奪う？　何をですか？」

彼女は困惑の表情を浮かべる。繊細(せんさい)な面立ち、大きな瞳。この夜の雨にすっと溶けてしまいそうなほど儚い雰囲気。その細い身体は、全身で訴えていた。

自分には、奪えるものは何もないのだと。

それなのに、日下は無情に言い放つ。

「あなたの、心です」

「心……」

雨の音が戻ってくる。より激しさを増して。彼女は途方に暮れた様子で、〝案内人〟の日下を見上げていた。

第一話　赤い傘と花火の約束

1

石畳の坂でつながる街は、どこを見ても異国情緒に溢れている。長崎港を中心にして、すり鉢状の地形に、歴史ある建造物が建ち並ぶ。あちらこちらにのぞく教会の尖塔、石造りの瀟洒な洋館。出島を復元したベイエリア近辺には、洗練された飲食店が集まる複合商業施設もあれば、運河や緑地も整備されている。新旧の建物が混在しながら、不思議な調和を感じるのが長崎だ。

稲佐山は青々とした緑を湛え、湾内には外国から来た豪華客船が停泊している。三菱重工長崎造船所のクレーンは、首の長い恐竜のようだ。十字架を掲げた教会からは、鐘の音が響く。

二〇一三年、秋——。

かつてオランダ人が闊歩し、鮮やかな文明が花開いた長崎の街に、雨が降っている。

空は抜けるように高く、青い。そこから降り注ぐ雨は優しく、美しい光をまとって、街を鮮やかに映し出している。

音もなく降るその雨は、県立長崎高等学校の校舎にも降り注いでいた。

高校一年生の逢原雨は、憂鬱な気持ちで教室の窓を見やった。

雨だなんて、ついてない。

嘆息し、鞄を肩にかける。雨粒のワッペンは、祖母が縫い付けてくれたもの。高校生にもなってどうかと思うけれど、これがけっこう心の拠り所になっている。

いつものように、ひとり、廊下に出た。廊下の窓から外を見た男子生徒たちが、騒ぎ始めたところだ。

「うわ、雨降ってんじゃん！」

ああ、いやだな。続く言葉は分かりきっている。

「マジかよ！　おい、ザー子のせいだぞ！」

小学生の頃からそんな名で呼ばれ、天候の変化も自分のせいにされた。

言い返したい気持ちなんて、とっくの昔に捨てている。

雨は俯き、彼らの横を通り過ぎる。すると前方から駆けてきた女子生徒と肩がぶつかってしまった。

「あーもう、邪魔！」

すべての苛立ちを、今この瞬間にぶつけるように彼女は叫ぶ。雨はとっさに謝ってしまう。

「す、すみません」

分かっている。こういった卑屈な態度が、彼らをますます増長させてしまうのだと。

「ザー子って、ジメジメしてて暗いよな」

先程の男子生徒たちが、汚いものでも見るような視線を投げてくる。

「ほんと名前の通りだな。逢原雨——変な名前」

彼らの視線と、言葉から逃げるように、雨は背中を小さく丸めて足早にその場を去った。

昇降口付近は、突然の雨に慌てて帰り始めた生徒の喧騒に包まれている。雨は彼らとは距離を置き、庇の下で、ひとり静かに雨滴を見上げていた。

と、誰かが隣に立った。知らない人だ。背が高く、端整な横顔が印象的な。

嫌だなあ、と雨は意味もなく制服のスカートの皺を伸ばす。知らない人、それも男の子とこんなに近くで雨宿りなんて無理だ。

仕方がない。そっと息を吐いて、雨の中に踏み出そうとする。すると、

「逢原さん」

背中から、名前を呼ばれた。雨は驚き、振り向いた。

「逢原さんだよね？　俺、三年の朝野。朝野太陽」

あとから、何度も、何度も、この瞬間のことを思い出した。

雨が降っているのに。みんな文句を言いながら、騒がしく帰っていくのに。

彼は、太陽は、その名にふさわしい、屈託のない笑顔を浮かべてそこに立っていた。

「太陽……？」

バカみたいに、彼の名前を繰り返した。それほど、インパクトのある名前と、名前にぴったりの雰囲気を持つ男の子だった。明るくて、迷いのない目をしている。おそらくクラスでも人気があるだろう。つまり、雨がもっとも苦手とする人種だ。

彼は雨に、赤い折り畳み傘を見せた。

「あのさ、もしよかったら、入らない……？」

雨はただ、目の前に立つ、風変わりな男子生徒を見つめる。

何言ってるの？　この人、わたしがその提案を受け入れると思うのだろうか。

だって、わたしだよ？　逢原雨。ザー子って呼ばれて、クラス中から嫌われている。

ああ、知らないの？　三年生だから？

でも、それにしたって。どうしてわたしの名前、知っているんだろう？

嫌だとも、そうしますとも言えず、雨は困惑するばかりだ。

どうしてこんなことになったんだろう。

結局、雨は、彼の傘に入れてもらった。

晴れた空から降る雨も不思議だけれど、初対面の男の子とふたりで赤い傘をさしているこの状況もおかしい。

当然のように、ふたりは無言だ。

気まずい沈黙がずっと続いている。雨は、雨粒が縫われたハンカチを、ぎゅっと握りしめた。その瞬間、不意に太陽と肩が触れてしまった。

突然のことに、ものすごく驚いて、固まってしまう。何か、何か話さなければ。

「……は、派手な傘ですね……」

極力、当たり障りのない言葉を口にすると。

「やっぱり派手かな、これ」

穏やかな声で、彼は言った。

「実は女性ものなんだ。母さんの形見で」

雨はうまく会話を続けられず、俯いてしまう。明るそうに見える太陽と、赤い傘と、彼の母親の死。それらが、不思議なほど、すとんと心に入ってきた。

路面電車の停留所が見えてきて、雨は心の底からホッとした。

「わたし、電車なので。傘、ありがとうございました」

ぺこりと頭を下げて、傘を出ようとすると。

「知ってる⁉」

太陽が、呼び止めるように、話しだした。

「こういう晴れた空から降る雨のことを、天が泣いているって書いて『天泣』っていうんだ」

「天泣？」

眉を寄せる雨に、太陽は、畳み掛けるように続ける。表情が、なぜだろう、ものすごく真剣だ。

「天泣には変な迷信があってさ。晴れた空から雨が降っているとき、赤い傘に入っていた二人は――」

そこで、彼の背後を路面電車が通り過ぎた。高い通過音が響き渡る。彼は辛抱強く、電車が去るのを待ってから。

「運命の赤い糸で結ばれるんだって」

これほど驚いたことはない。雨は大きく目を見張り、瞬きもせず、太陽を見つめた。彼の肩越しに、到着した路面電車のドアが開くのが目に入る。

「あの……わたし……その……す…す…」

「す……（き）？」

「すごく迷惑です！　気持ち悪いです！　そういうの！」

　彼の横を通り抜け、路面電車に逃げ込んだ。間一髪、背後でドアが閉まる。

　雨は、まだ動悸が激しかったが、おそるおそる、窓の向こうに目をやった。

　赤い傘の下で、太陽がうなだれている。

　その傘も、彼も、みるみる小さくなってゆく。

　彼を、傷つけてしまったのだろうか……。

　この罪悪感。気持ち悪いだなんて、ひどいことを言ってしまった。でもあまりにもびっくりしてしまったのだ。

　何が起こったのか、さっぱり分からない。

　頬が熱い。理不尽な罪悪感と、生まれて初めての、奇妙な熱を持て余し、雨は自分の小指をそっと撫でる。

「……赤い糸……」

　路面電車がスピードをあげ、彼から遠ざかっても、頬の熱は引きそうになかった。

　思ったことをはっきりと言うのが、雨の祖母の雪乃だ。

「バカねぇ～」

　呆れ返ったといわんばかりに、そう言われてしまう。ふたりは向かい合って夕飯を食べている。

「バカって言わないで……」

「赤い傘に運命の赤い糸――。ロマンチックじゃないの。それなのにあんたは。明日ちゃんと謝りなさいよ」

祖母は六十過ぎにしては、感覚が若々しいと思う。見た目も若い。長い髪は綺麗なウェーブをかけていて、カラーリングも定期的にしている。美人で、お洒落が好きだ。時々高校生の雨の服を借りて着ていて、それがまた似合う。地元のカステラ店で朝から晩まで働き、多くの友人知人がいる。スマホを使いこなし、人生の機微に聡く、若者事情にも詳しい。

雨とはまったく、何から何まで正反対なのだ。

そんな正反対の祖母に、今日の話をしてしまったことを、雨は後悔している。

ロマンチックとか、そんなこと言われたくない。どうしていいのか分からなくなるではないか。

「年頃の男子は敏感なの。女の子の何気ない一言が一生のトラウマになったりするものよ。それが好きな子の言葉なら尚更よ」

「す、好きな子!?」

雨は飛び上がらんばかりに驚いた。

「そりゃあ、そうでしょ。きっとその子、雨の運命の人になりたいのよ」

「ち、違うよ！　そんなことない！　絶対ない！」

なんとしても、祖母の勘違いを訂正したかった。

しかし、もう、このことについてこれ以上話す気力がない。申し訳ないが、雪乃の期待には応えられない。

「……ごちそうさま」

食欲も失せてしまい、早々に席を立つ。すると、祖母が背後からそっと聞いた。

「ねえ、雨？　少しは友達できた？」

だから。そういうことは、一切聞かないでほしいのに。

「……必要ないよ。友達なんて」

振り返らなくても、雪乃がどんな表情をしているか、分かる。雪乃が何を心配して、雨に何を求めているのかも。

ごめんね、ばあちゃん。

運命の恋どころか、普通の友達さえ、わたしには無理なんだ。

雨は心の中で祖母に謝って、廊下に出た。

2

いつもの雨だったら。そのまま、何も行動せずに、鬱々とした日々を過ごしたことだろう。それが、自分らしくない行動に出たのは、雪乃の言葉がけっこう響いたからだ。

やっぱり、あの人を傷つけてしまったかもしれないと。

でも、いつどうやって声をかければいいのか、まったく分からなかった。そのため雨は、第三者が見たら非常に怪しい行動を取ってしまった。

放課後、掃除の時間に、箒を手に廊下を歩いてくる太陽を見つけ、恐る恐る後ろをついていったのだ。彼がひとりになるタイミングを見計らうために。

太陽が雨の視線を感じたのか、時々振り向く。雨はさっと物陰に隠れ、胸をなでおろし、またついていった。

太陽はそのまま、掃除当番の場所と思しき放送室に入った。廊下からそっと確認すると、ひとりのようだ。雨は深呼吸を二度、三度と繰り返して、意を決した。

「あ、朝野先輩！」

思った以上に大きな声が出てしまった。当然、太陽は驚いた顔で振り返る。

「逢原さん⁉」

雨の登場は、彼をかなり焦らせたようだ。後退（あとずさ）って、放送カウンターに手をついた。

雨は親の敵（かたき）でも取るかのような切羽（せっぱ）詰まった顔でつかつかと彼に近づき、きっと見据えた。

「あの……、わたし、お話が」

「お、お話？　俺に……？」

お願い、そんな驚いた顔しないでよ。わたしまで、さらに緊張してくるじゃない。

「あの……その……わ、わたし……わたし！」

用意してきたはずの言葉は、どこかに消えてしまった。言葉が続けられない雨の代わりに、まったく別の男子生徒の声が響く。

「ザー子、がんばれー！」

雨と太陽は揃って、互いの顔を凝視した。

ふたり同時に、窓の外を見る。

生徒たちが、校庭に大集合しているではないか。

「ピーカン！　付き合っちゃえ！」

誰かが太陽に向かって叫んだ。

「お、おい！　やめろ！　やめろって！」

太陽は青ざめ、必死に手を左右に振っている。

「早く告白しろぉ！」

その時点で、ようやく雨は気づいた。放送室のマイクがオンになっていることを。

なんてこと。雨と太陽のやり取りは、校内放送されてしまった。恐怖にも似た羞恥心で、全身が震えてくる。

太陽はばっと手を伸ばし、マイクのスイッチを切る。

しかし、時すでに遅しだ。

「ち、違うよ？　わざとじゃないからね？」

雨は脱兎のごとく放送室から飛び出した。後ろから、太陽が雨の名前を呼びながら、追いかけてくる。


そのまま学校を飛び出した雨が向かったのは、長崎港を望む公園だった。いまだかつて、これほど絶望的な気持ちでここからの景色を見たことはない。

雨は芝生の上に座り込み、膝を抱えた。ほどなくして、息を切らした太陽が追いついて、隣にやってきた。

「さっきはごめん、あんなことになって。でも本当にわざとじゃ……」

「退学します」

呟くように言うと、太陽は途方に暮れたような顔になる。

「ええ⁉　なんで⁉」

「恥ずかしくて、もう学校に行けません。誰も知らないどこかの街で、一人でひっそり生きてゆきます……」

「お、大袈裟(おおげさ)だって」

雨は立ち上がり、会釈(えしやく)をして去ろうとした。今にも泣いてしまいそうだ。すると、

「ねぇ！　さっきなんだったの？　大事な話って……」

切羽詰まったような声で、太陽が訊いた。雨は振り向き、ぺこりと頭を下げる。

「昨日はすみませんでした。ひどいこと言って」

太陽は、なぜか明らかにがっかりしたような顔をした。

「ああ、それか……。あ！　てことは！　それほど迷惑だったわけじゃ――」

「迷惑でした」

「だ、だよね」

「でもちゃんと謝るべきだって。だから、ごめんなさい」

どんな思惑があったにしろ、彼は雨を傘に入れてくれた。あの赤い傘のおかげで、雨は濡れずに済んだ。その彼を傷つけてしまったのだとしたら、謝るべきだ。そうしないと、雨は必要以上に昨日のことを特別に感じてしまう。ひとりよがりにあれこれ考えるのは、良くないことだ。

これでおしまい。そう思ったのに、太陽は、さらに予想外のことを言い出す。

「なら、お詫びにいっこお願いがあるんだ」

「お願い？」

「俺と友達になってよ！」

雨はびっくりして、彼をまじまじと見つめる。

「どうして？　わたしなんて暗いし、友達もいないし、それに変な名前だし……」

「変な名前？」

「雨……って。ひどい名前だから」

「そうかなぁ？」

太陽は、まったく理解できない、といった顔をする。

「そうです。雨なんてみんなに嫌われています。降るとジメジメするし、鬱陶しいし、気分だって沈むから」

「好きだよ」

「え？」

「俺は大好きだよ、雨のこと」

どうしてなの。どうして、そんなに真っ直ぐな目で、あっけらかんと、そんなことを言うの。

幾重にも防御し、隠してきた心が、あっけなく、のぞきこまれてしまう。雨は驚き、焦り、落ち着かない気持ちで、ただただ、太陽を見つめ返す。

「だってほら、雨がないとお米とか野菜も育たないし」

紛らわしい。いや、どういう意味で言っているかは、分かってはいたけれど。それでもそんなふうに、屈託ない様子で、雨が好きと言うなんて。

「あと、ダムに溜まれば飲み水になるし。雨音を聞くと優しい気持ちにもなれる。だから──」

もうやめてほしい。しかし太陽は、そこで、優しく微笑んだのだ。

「雨は、この世界に必要だよ」

目が逸らせなかった。太陽の肩越しに広がる長崎の青い空と、青い海……それらと同じくらい、眩しくて。

しかし、すぐに我に返る。

「そ、そんなの、大袈裟です……！」

今度こそ雨は、彼から逃げ出してしまったのだった。

しかし、思えばこの時すでに、雨の中で、太陽は想像以上に大きな存在になっていたのかもしれない。

その夜は雨が降った。

自分の部屋の窓辺に立ち、雨の音を聞き、軒先から滴る雨滴を、熱心に見つめた。

「……雨はこの世界に必要……」

ぼそりと呟くと、エプロン姿の雪乃がひょい、と顔を出した。

「いいことでもあった？」

「どうして？」

「背中、嬉しそう」

思わず少し赤くなる。自分はそんなに分かりやすいのか。

「そんなこと……まぁ、ちょっとだけ」

「なあに？」

期待に満ちた雪乃の視線は煩わしいが、この祖母を、少し安心させてあげたい気持ちもあるのだ。

「……友達、できたかも」

ほら、嬉しそうな顔をする。分かりやすいのは、遺伝かもしれないな。

「あらあ、よかったね。どんな人？」

照れくさかったが、雨は自然と微笑んでいた。昼間の彼の顔を思い出したのだ。

「太陽みたいに笑う人かな……」

それから、本当に、太陽とは友達になった。

万事において内向的な雨のことを、太陽はよく外に連れ出してくれた。

眼鏡橋（めがねばし）も、そのひとつだ。

その昔、水運として利用された中島川（なかしまがわ）には、多くの石橋が架かっている。その中でも眼鏡橋は興福寺（こうふくじ）が参拝者のために架設したものだ。

日本初の石造りのアーチ橋は、川面（かわも）に映る姿が眼鏡に見えることから、その名が付けられた。長崎のランドマークのひとつである。

しだれ柳が揺れる河畔（かはん）には遊歩道があり、下に降りると、川面には飛び石がある。

友達って、どういうことをするのか、はじめは身構えていたけれど……。

この日、雨と太陽はこの飛び石の上で向かい合い、じゃんけんをしていた。

じゃんけんに勝つたび、両岸から真ん中へと一歩ずつ進み、質問をする。

お互いのことを遊びの中で知るのに、なかなかいい方法だ。もちろん、思いついたのは太陽だった。

太陽が子供のように声を張り上げる。

「じゃーんけん！　ぽん！」

雨が勝った。ふたりはちょうど、川の中央で向かい合う形になる。

「質問、なんかある？」

「朝野先輩は、その……花火師になりたいんでしたっけ？　家業だからですか？」

一緒に過ごす時間が増えるにつれ、太陽のことをひとつずつ知った。花火師という、馴染みのない職業のことも、彼から聞いたのだ。

「それもあるけど、一番は母さんの言葉かな」

「言葉？」

「『いつかたくさんの人を幸せにするような、そんな花火を作ってね』って言われたんだ。それが母さんとの唯一の想い出。その約束、叶えたいんだ」

川面の光を映して、太陽の瞳も輝いている。真っ直ぐな瞳で夢を語る彼が眩しかった。

「羨ましいです……そんなふうに堂々と夢を話せて」

太陽は、顔をくしゃりとして笑った。

「そんなことないよ。実際ちょっと前まで諦めてたし」

「そうなんですか？　どうして？」

「色々あって」

太陽にしては、歯切れが悪い感じだ。じっと、目を細めて雨を見つめてくる。小さな声で、

「……でも、思ったんだ……」

と、言ったような気がした。川の音が絶えずしているから、前後の言葉は聞き取れなかった。

「え?」

「なんでもない! 次ね! じゃんけん、ぽん!」

勝ったのは、また雨だ。しかし、もうふたりの間には飛び石はない。行けば彼と密着してしまう。

さすがに戸惑っていると、太陽が半歩後ろに下がってくれた。穏やかに笑う彼の顔を、夕陽が照らしている。

そこへ飛び込むのは、雨にとってかなり勇気がいることだ。でも太陽が笑ってくれているから。だから……雨は、ぎゅっと拳を作った。

そして太陽が佇む飛び石に、飛んだ……が、バランスを崩してしまう。すかさず彼が支えてくれて、ふたりは密着した。

あの最初の雨の日のように。至近距離で、太陽の体温を感じる。

「……思ったんだ」

少しかすれた声で彼は呟いた。

「君を幸せにする花火を作りたいって……そう思った」

返す言葉は見つからない。

また、変なことを言っている。雨は反応に困り、ただ、彼の顔を見る。

顔が熱い――なんなの、まったく。でも太陽の顔も赤い。夕陽のせいばかりじゃない。

川面が橙色(だいだい)に輝いている。

時間が止まったかのように感じたのは、その景色が、目に焼き付いたからだ。

何度も何度も、思い出せるように。

しかし次の瞬間、太陽は川に落ちてしまった。きっと恥ずかしくて、わざと落ちたに違いなかった。


太陽は全身、ずぶ濡れになってしまった。

ふたりは近くのベンチに避難し、雨はハンカチを太陽に貸したが、到底間に合うものではない。

「うわ、びしょびしょ。ハンカチ洗濯(せんたく)して返すね」

「……は、はい」

太陽は、ふと真顔になって雨に言った。

「あのさ、そろそろ敬語やめない？」

雨はぎょっとし、手を左右に振る。

「む、無理です！　だって先輩だし……」

「そんなの関係ないって。じゃあ俺、今日から〝雨ちゃん〟って呼ぶね」

そんな勝手な。せっかく熱が引いた頰が、また熱くなってくる。

雨は赤くなった顔を川の方に向けて、できるだけ太陽から見えないようにした。すると、どこからか爆竹の音が響いた。

精霊船がやってきたのだ。

竹や板など思い思いの材料で手作りされた船が、曳き手によって街中を行く。これは毎年お盆の日に行われる伝統行事で、お盆前に逝去した人を弔うため、遺族が執り行う。

長く突き出した船首には、家紋や家名、町名が大きく記され、故人を偲んで特徴的な仕上がりになっている。

夕暮れの空に、鐘の音が響き渡る。「ドーイドーイ」という独特な掛け声のあと、耳をつんざくような爆竹の派手な音が響くのだ。

長崎の夏の風物詩ともいえるこの行事は、夜遅くまで繰り広げられる。

「どうして爆竹なんだろう?」

ふと生じた疑問を、雨が口にすると。

「魔除けだよ」

太陽が、さらりと言った。

「ああやって船が通る道を清めるんだって。でも俺、あの爆竹は〝呼ぶため〟だって思ってたんだ」

「呼ぶため？」

「うん。天国から大事な人を呼ぶために鳴らすのかなって。すごい音じゃん。どこにいても気づきそう」

そんなふうに考える太陽の感性は、雨にとって驚きで、到底敵わないなあ、と思う。同時にとても好ましいものでもあった。

「あ！　雨ちゃんとはぐれたら爆竹を鳴らすよ！　スマホ持ってないでしょ」

「子供じゃないから、はぐれたりしないよ」

思わずくだけた口調で答えてしまい、雨はしまった、と、上目遣いに太陽を見た。彼は笑っていた。そうだろうなとは思った。でも、そこまで嬉しそうに笑うなんて、と照れてしまう。

雨はまた顔が赤くなってしまい、再びそっぽを向いた。


その後、ずぶ濡れになった太陽に着替えてもらうため、雨は彼を自宅に案内した。

結果、ものすごく奇妙な状況になっている。

太陽の濡れたシャツを軒下にかけて、振り向くと、彼は『Endless Summer』と書かれたダサいぴちぴちのTシャツを着て、嬉しそうに笑っているではないか。

あれは雪乃のだ。その雪乃は、とても嬉しそうに太陽と談笑している。まあそうだよね、と雨は苦笑する。友達の一人さえ作れなかった孫が、初めて連れてきたのが、太陽のようにまあまあ様子のいい男の子だったのだから。

また変な勘違いしなきゃいいけど。そんな心配をしつつも、雨もまた、二人が談笑するのを見て幸せな気持ちになる。

その場の流れで、自作のケーキを彼にふるまうことになった。何層ものココア味のスポンジにチョコレートとピスタチオクリームを塗って、ミルフィーユ仕立てにしたものだ。

「美味い！」

ひとくち食べて、太陽がうなった。

「めちゃくちゃ美味いよ！」

まったく大袈裟だなあ、と思いつつ、雨もすごく嬉しい。

「昨日、適当に作ったやつだけど……」

「適当に⁉　それでこんなに美味しいなんてすごいよ！」

本当は、適当というのは語弊がある。雨は普段から、ケーキを焼くのが好きだった。最初はレシピ通りに作っていたが、そのうち、独自の味や製法を試すようになったのだ。もちろん失敗するときもあるが、今回のは、我ながら上手にできたと思っていた。それを褒められて、悪い気分になるわけがない。

しかし。

「雨ちゃんは、お菓子づくりの才能があるよ！」

断言するように言われ、表情が一瞬でなくなってしまった。太陽がすぐに気づき、心配そうな顔をする。

「どうかした？」

「……ないよ、才能なんて」

できるだけ穏やかに否定したつもりだ。しかし、雪乃が横合いから、言った。

「ねぇ、雨……あんた本当は、パティシエになりたいんじゃないの？　東京のお店で働きたいんでしょ？」

やめてよ、ばあちゃん。よりによって、どうして、彼の前で。

しかしきっぱりと否定もできず、雨は俯く。

「東京……なれるよ！　だってこんなに美味しいんだから」

太陽はぱくぱくとケーキを食べてくれる。本当に美味しそうに。

でも、雨は苦しくなったままだ。

「無理だよ。わたしなんかじゃ」

これ以上言葉を重ねると、余計に卑屈になって、太陽や雪乃を困らせてしまう。雨は立ち上がって、自分の部屋へ行った。

その後、雪乃は話したかもしれない。

どうして、雨がこうなのか。なぜ、万事において自信がないのか。

雨は胸のあたりで拳をぎゅっと握りしめた。

こんな時、必ず思い出してしまうシーンがあるのだ。

あれは、雨が小学校二年生の、秋だった。


ぱん！　と乾いた音とともに、幼い雨は床に転がった。頬に生じた痛みに驚く間もなく、母の罵声が響いた。

「クレヨン使うときは机を汚すなって言っただろ！」

それから、二発、三発と平手打ちをしてくる。あまりの痛みと、痛みを上回る悲しみで、とうとう雨は泣き出してしまう。

母の逢原霞美は、とても綺麗な人だった。あとから知ったことだが、昔、女優になると言って、十八で長崎を飛び出した。でもすぐに雨を生むことになって、夢を諦めた。

福岡の狭くて古いアパートの一室で、母娘で暮らした。

何度も叩かれ、泣き出した雨のことが、さらに癇に障ったのか、霞美は、今度は足で娘の腹を蹴った。

繰り返し、執拗に。

「夢も男も全部ダメになった！　あんたのせいで人生台無しよ！」

雨は啜り泣いた。どうしていいのか分からなかった。

母が舌打ちし、ゆらりと幽霊のように動いた。そしてテーブルの上にあった果物ナイフを手に、迫ってきたのだ。

あの時の母がどんな顔をしていたのか、しばらくの間、思い出せなかった。それなのに、自分が着ていた、薄汚れたブラウスの色ははっきりと憶えている。アパートの部屋にかかっていた、黄ばんだカーテンの色も。

すべてが混沌として、悲しみと苦しみと、時折の母の笑顔、それすらも苦しい記憶の中で。

「あんたなんていらない」

無情な母の声を、はっきりと憶えている。

「ごめんなさい……許して……お母さん」

雨は懇願した。ナイフも怖かったが、母親の、どんよりと濁った瞳が怖かった。

それまでにも、何度も叩かれたし、蹴られたし、食事さえままならない日が続いたこともあった。しかし、あの時ほど、強く死を意識したことはない。

何が、霞美を押し留めたのか。結局母は、凶器を娘に突き立てることはなかった。ナイフを床に落とし、自分の手をじっと見つめた。ぶるっと大きく震えたのもつかの間、ものすごい勢いで、部屋を飛び出していった。

雨は、息が苦しくなって、喉を押さえた。呼吸の方法を、忘れてしまったかのように。苦しみの中、床に転がっていた母の携帯電話を見つけた。電話帳を開くと、「おかあさん」という登録を見つけた。

霞美の母、雪乃の連絡先だった。

雨は雪乃が引き取ってくれたから、生きることができたのだ。

しかし、心はずっと、死んだままのような気がする。

あの古くて黄ばんだカーテンがかかっていたアパートで、雨は一度死んだのかもしれない。

雪乃は優しかった。おばあちゃんと呼ぶにはまだ若く、面倒見がよく、近所の人たちからも好かれていた。

働き者で、カステラ店で身を粉にして働き、雨を養ってくれた。

ある日、雨はそんな祖母のために、みかんゼリーを作った。その頃の雨が作れる数少ないレパートリーのひとつだった。

「美味しい！」

雪乃は心の底から褒めてくれた。

「ありがとう、雨。ばあちゃんのためにこんな美味しいゼリーを作ってくれて」

雨は、喜ぶべきなのに、笑顔を作ることができなかった。それどころか、泣きそうになってしまった。

「どうしたの？」

「……お母さんも言ってくれたの……」

「え？」

「美味しいって……雨にはお菓子づくりの才能があるよって……そう言ってくれたの……でも――」

母の笑顔や、優しい言葉を、必死に拾い集めるようにして生きていた。お母さんは優しかった。お母さんは悪くない。ずっと自分に言い聞かせていた。

「お母さん、変わっちゃった……わたしのせいで……」

雪乃はショックを受けたような顔をする。

「雨のせいで？　どうして？」

「ダメな子だから……」

お母さんは悪くない。悪いのは自分だ。

「わたしがもっと美味しいお菓子を作ってあげたら……」

その時思い出したのだ。ナイフを握った霞美が、どんな顔をしていたか。

胸の内にどうしようもない怒りを抱え、怒っているように見えた。

「クレヨン、きれいに使えていたら……お母さん、あんなに怒らなかったのかなぁ……」

雪乃は胸を衝かれた様子で、雨をぎゅっと抱きしめた。

今、高校生になった雨には分かる。お菓子も、クレヨンも、関係ない。母はただ、傷ついていたのだ。自分ではどうしようもできない、社会の厳しさや、運命の不公平さに。

雨は、一枚の写真をじっと見つめる。雨も霞美も、楽しそうに、幸せそうに笑っている。自分の心は、ずっとこの小さなフレームの中に閉じ込められている気がする。成長することも、前を向くことも、夢を見ることも、雨は怖い。雨には価値なんてない。自信がなくて、できるだけ傷つかずにすむように、息を殺して生きている。そんな毎日だった。

3

祖母は知っていた。雨が、本当はパティシエになりたいこと。東京に行きたいこと。話したことなどなかったのに。

きっと雨のことを、誰よりも見てくれているし、理解しているからなのだろう。

夏休みはあっという間に終わって、九月になった。太陽とは、あのお盆の日から、会っていない。なんとなく気まずいし、雨は悪いクセが出て、ずっと自分の殻に閉じこもって過ごしていた。

何度か電話をもらったけれど、出なかった。

今、雨は教室で、雑誌を読んでいる。憧れの洋菓子職人がオーナーを務める『レーヴ』が特集されている。こういうものを、普段から読んでいるから、雪乃に知られてしまったのだろう。

雨は唇を噛み、ぱたんと雑誌を閉じた。するとそこに突然、校内放送が流れた。

『あーあー、三年三組、出席番号二番、朝野太陽です』

驚きのあまり、声を上げそうになる。太陽だ。いったい何をしようとしているのだろう？

戸惑っているのは当然、雨だけではない。生徒たちが、何事だと顔をあげている。その間にも、太陽の声がスピーカーから流れてくる。

『みんなに聞いてほしいことがあります』

太陽は、ずっと考えていた。お盆の日に、雨の祖母の雪乃と話してから、ずっと。

太陽の不用意な言葉に、雨は逃げるようにして出ていった。太陽は、どうしていいのか分からなかった。

あのあと、雪乃が太陽をそこまで送ると言って、夜の祈念坂(きねんざか)を一緒に歩いて帰った。

そこで、衝撃的な事実を聞いたのだ。

雨が、実の母親に、雪乃の娘に虐待(ぎゃくたい)されていたこと。その母に、お菓子作りの才能があると言われたこと。

幼い頃、身体(からだ)と心に負った傷ははかりしれない。身体の傷は癒(い)えても、心は立ち止まったまま。

「あの子は自分には価値なんてない、必要ないって思っているの……」

驚くべき話なのに、さまざまなことが腑(ふ)に落ちた。

なぜ、太陽が、それまでまったく交流のなかった雨に話しかけたのか。

なぜ、赤い傘を差し掛けたのか。

「俺、去年の夏の花火大会で偶然彼女を見かけたんです……」

花火を見上げるほとんどの人間が嬉しそうに、楽しそうにしている中で。

ただひとり、笑っていない少女がいた。

それどころか、寂しそうだった。悲しそうだった。

奇妙に、心に引っかかった。彼女の顔が、表情が、忘れられなかった。

「笑わせたい。俺の花火で幸せな気持ちにしてあげたいって。そう思ったんです……」

本当に。強く、強くそう思った。あれほどの強い気持ちを人に対して抱いたのは、初めてのことだった。

「ねぇ、太陽君。お願いがあるの」

雪乃が言った。

「あの子の心、変えてあげて」

雪乃は泣きそうな顔でそう言って、深く頭を下げたのだった。


今、高校三年生の俺が、彼女のためにできることはなんだろう。

夏休みの終盤、太陽は必死に考えた。そう簡単に答えは見つからなかった。それでも、考えに考え、今、こうして、放送室を占拠している。

「俺には夢があります」

マイクを握り、一気に話し出す。

雨が聞いてくれていることを願いながら。

「花火師になるって夢です。でも高一のとき、一度は諦めたんです。それからずっと思っていました。俺にはなんの価値もないのかなって……」

雨ちゃん。今、どんな顔をしている？　いつものように、困ったような、悲しいような、そんな顔をしているんだろう。

でもきっと、眉(まゆ)を寄せて、じっと耳を傾けてくれている。

「だけど、ある人と出逢(であ)ってその気持ちは変わりました。思ったんです……諦めないぞって」

放送室のドアが激しく叩かれ、教師たちが大声で叫んでいる。いい加減にしろとか、そこを出ろとか、今すぐに放送をやめるんだ、とか。

申し訳ないが、まだ終われない。

「だからみんなに宣言します。俺は一人前の花火師になります。十年後、立派な花火を空に上げてみせます。みんなを幸せにする花火を。そう思わせてくれたのは、他の誰でもない君がいたからです。だから――」

息を吸い込む。心の底からの言葉だと分かってもらえるように、気持ちをこめて。

「君には価値がある」

お菓子作りの才能があると言った時の、雨の複雑な顔。二度と、あんな顔をさせたくはない。

「絶対にある。君がないって思っても、俺は何回だって言います。百回でも、千回でも言います。君には、誰にも負けない素敵な価値があるよって」

雨は教室で、雷に打たれたように固まって、息さえ殺して、彼の言葉を聞いていた。周りの雑音も、耳には入ってこない。

君には誰にも負けない素敵な価値がある。

これは、雨に向かって放たれた言葉だろうか。そう思ってもいいのだろうか。

『だって、俺の人生を変えてくれたから』

ああ、本当に。本当に、なんて人なんだろう。無意識のうちに両手を組み合わせていた雨に、決定的な言葉が届く。

『雨は、この世界に必要だよ』

そこまでだった。

透明な涙が、雨の頬(ほお)に流れ落ちる。

スピーカーの向こうでは、ようやく放送室に入れたらしい教師たちが、太陽を叱(しか)りつける声が混ざる。

『だから自信持ってよ！』

太陽はやめなかった。

『名前が嫌だったら、裁判所が変えてくれる！　住む場所だって、おばあちゃんが変えてくれる！　でも！　だけど！』

きーん、と音が割れて、教師たちの声も混ざり、その音をはねのけるようにして、太陽は叫んだ。

『君の心は、君にしか変えられないよ！』

雨は立ち上がった。教室を飛び出し、廊下を駆け出す。

『大丈夫！　君なら変われる！　絶対変われるから！』

こぼれた涙が、後方に散ってゆく。雨は立ち止まり、窓の外を見た。

抜けるような初秋の青空が、どこまでも広がっている。


放課後、最初に言葉を交わした庇の下で佇んでいると、太陽がうなだれながらやってきた。

職員室で相当絞られたのかもしれない。雨を見て、申し訳なさそうな顔をする。

「さっきはごめん。変なこと言って……」

「……思ったの。あなたって迷惑な人だって」

冷たく突き放すように言って、背中を向ける。

「……ごめん」

「迷惑で、お節介で、大袈裟で。ちょっと気持ち悪いことでも平気で言えちゃう変な人。すごくすごく、迷惑な人」

落ち込んでいる気配が背中越しに伝わってきた。

雨はひとつ、息を吐いた。

「でもね、思ったの……」

振り向いた。

太陽が、ものすごく驚いたような顔をしている。

雨は笑っていた。

降参したのだ。彼のまっすぐな言葉や、行動や、その眼差(まなざ)しに。

心を閉じ込めていた小さな写真フレームが、音を立てて壊れてしまった。

「わたし、太陽さんと友達になれてよかった」

心から、そう言った。

「変わりたいって、そう思った」

太陽が笑う。感極まった様子で、言う。

「行こう！」

「え？」

太陽は駆け出した。何か、新しいことが始まる強い予感に背中を押され、雨は太陽を追いかけた。

そのまま休むことなく走って、走って、たどり着いたのは長崎港を望む岸壁(がんぺき)だった。

ふたりは息を切らして、芝生に倒れ込んだ。

「どうしたの、急に……!?」

息を整えながら訊いてみると。

「笑ったから！」

太陽が倒れたまま叫んだ。

「君が笑ったから！」

たったそれだけで？　こんなに、こんなに喜んでいるの？　雨は驚き、同時にものすごくおかしくなった。

思わず声をたてて笑いだしてしまう。

「どうしたの？」

「太陽さんって、やっぱり大袈裟だなって」

まったくもって、ブレるということがない。雨が笑い続けていると、太陽も声を出して笑った。

「そうだ。十年後の約束しない？」

「十年後の約束？」

そういえば、さっきマイク越しにも言っていた。十年後、立派な花火師になると。

「うん。十年後の大晦日、一緒に花火を見に行こうよ。俺の作った花火、見てほしいんだ」

今度はマイク越しではない。至近距離で、まっすぐな目で雨を見ている。

「それまでには一人前の花火師になっているよ」

夢、という言葉を強く思った。

花火師になるのが、太陽の夢。それなら、雨は？

「なら。それなら、わたしも、一人前のパティシエになる。胸を張って逢えるように」

太陽は小指を雨に向けた。

「じゃあ、約束」

雨ははにかむように笑って、その指に自分の小指を絡めた。

「約束……」

初めて、自分の夢を口にした。ずっと誰にも言えなかった、諦めようとしていた、自分の夢を。

初めて、男の子と指切りをした。世界で一番優しい彼と。輝く夕陽が、絡み合ったふたりの指を、優しく染めていた。

雨はかつて、卑屈（ひくつ）で、弱くて、内向的な少女だった。太陽が、そんな雨を救い出してくれた。

でもふたりとも、まだ幼かったのだ。十代特有の、圧倒的な熱量に衝(つ)き動かされ、夢を語り合い、約束をした。

　時が過ぎても、あの頃の記憶は色褪(いろあ)せることはない。それどころか、青空から降る雨が街を色鮮やかに染めたあの景色ごと、雨の心の中で、宝物のように輝き続けた。

　太陽の真剣な顔。肩が触れ合ったとき、ふと感じた、雨の匂(にお)い、馴染(なじ)みのない香り。決して嫌じゃなかった。赤い傘の下でうなだれる彼。電車に飛び乗って、逃げたつもりが、帰宅後もずっと考え続けるはめになった。

　あれを初恋と呼ぶならば。

　あの頃の雨はまさに、未知の世界の鮮やかさに目がくらむ思いで、息さえするのも苦しいくらいで。毎日、ずっと、太陽のことを考えていた。

　二〇二三年十二月——。

　かつて通学で三年間利用した、同じ路面電車の停留所に、雨は大きなキャリーケースと共に降り立つ。

　二十六歳になった雨は、久しぶりに故郷の地に降り立ち、想い出の場所をその目に収めた。

　大浦天主堂(おおうらてんしゅどう)、眼鏡橋。飛び石をした川原。息せき切って倒れ込んだ、あの芝生も。耳をすませば、二人で笑い合う声が響いてくるような気がした。

でも、歳月は残酷だ。

今なら、母が何に絶望し、雨を捨てたのか、少しは理解できる。

「太陽君……わたしね――」

長崎のイルミネーションが、雨の白い顔を照らす。振り絞るような声で、雨は呟いた。

「変われなかったよ……」

4

大浦天主堂へと続くなだらかな坂には土産物店が立ち並んでいる。このあたりは南山手とも呼ばれ、幕末から明治にかけて外国人居留地が整備されたエリアだ。普段から異国情緒に溢れているが、クリスマスのこの時期は、さらに美しくライトアップされるため、観光客で賑わう。店先に飾られるクリスマスツリーもこの賑わいを演出していた。

雨はキャリーケースを引きながら、久しぶりに故郷の石畳の道を歩いていた。すると、

「すみません！　拾ってください！」

切羽詰まった声が聞こえ、振り返ると、何枚ものチラシが風に飛ばされてきた。そのチラシを追いかけてきたのは、背の高い青年だ。スーツを着ている。

「そこのお姉さん！　手伝って！」

彼は明らかに雨を見て叫んだ。慌ててチラシを拾うのを手伝うが、その間に、自分のキャリーケースが転がっていってしまう。

青年も慌てた様子でキャリーケースを追いかけてくれた。

長崎市役所、と書かれた車が坂道を上ってゆく。

「わざわざ送っていただいてすみません……」

「とんでもない。チラシを拾ってくれたお礼です」

いや、結局、キャリーケースをつかまえてくれたのは彼の方だった。

ハンドルを握る青年は、長崎市役所の職員らしい。

基本的に人見知りをする雨は、自宅まで送ってくれるという申し出に少し悩んだが、市の職員ということで警戒心を解いた。

それでも気まずいことには変わりない。なんとなく間が持たず、雨は、手の中のチラシを広げる。大晦日に行われる「ながさき年越しまつり」のチラシだ。

これは偶然なのか、必然なのか。胸がちりりと痛んだ。

「長崎には旅行で？」

雨の緊張など気づかない様子で、運転席の彼は朗らかに訊いた。

「え？　帰省です。祖母に会いに。それと大晦日の……」

「花火？　年越しまつりの」

「まぁ……」

「僕、その花火大会の運営をしていて。市役所の地域振興課で働いている望田司といいます。あ、お名前は？」

「逢原です。逢原……雨」

「雨？　珍しい名前ですね」

その反応は珍しくはない。今でも雨は、名乗るときにちょっと躊躇してしまうのだ。しかし、この日は、見慣れた反応に予想外の続きがあった。

「あれ？　逢原って……」

「雪乃さーん。お孫さん、帰ってきましたよ！」

よく通る声が、古い家屋に響き渡る。家の奥から、雪乃がひょい、と顔を出した。

「あら、司くん？」

雨は司の背後から雪乃の顔を見て、もう一度司を見る。

「あの、祖母とはどういった……？」

「ああ、雪乃さん、市役所のフラダンス教室に通ってて。そういえば、最近来てないですね」

フラダンス教室。いつの間に。でも、活動的な雪乃らしい。

「ちょっと忙しくてね……それより雨、八年ぶりなんだから、ちゃんと顔を見せて」

八年。

確かに、長い歳月が流れた。その間、一度も帰ってはこなかった。雪乃は嬉しそうに瞳を細め、雨の頬を両手で優しく包み込む。

懐かしい家の匂いと、雪乃のぬくもりに、雨はそっと呟くように言った。

「ただいま、ばあちゃん」

八年の歳月を感じさせないほど、雪乃は元気だ。いや、少しは年を取っただろうか。テーブルにカステラと紅茶をぱっと準備して、司をもてなす。

「すみません、僕まで」

「何言ってるの。雨を送ってくれたお礼よ。ねぇシンディー。暖房の温度、1℃上げてちょうだい」

その声でスマートスピーカーが作動した。

「雨、仕事は?」

祖母の問いに、雨は意識して口角を持ち上げた。

「休みもらえた。いつも頑張ってるから、特別にって」

「そう」

嬉しそうな雪乃の目を、まっすぐに見ることができない。司がすかさず反応した。

「雨さんは、なんのお仕事を？」

え、と一瞬言い淀んだ雨の代わりに、雪乃が得意そうに答える。

「この子、すごいの。東京の有名なお菓子屋さんでパティシエをしているのよ。『レーヴ』ってお店。知ってる？」

司は目を丸くした。

「すごい。有名店だ。この間もテレビに出てましたよ」

「……わたし、二階に荷物置いてくる」

雨はすばやく二階に逃れた。キャリーケースを運び上げ、部屋に入ってコートを脱いでかけようとして……ポケットから、先程のチラシが落ちた。

雨はチラシを拾い、じっと一箇所を見つめる。『協力・朝野煙火工業』の文字を。

そうか。彼の方は、ちゃんと夢を叶えたんだな。

雨の脳裏に、彼の、名前の通り底抜けに明るい笑顔が蘇った。

5

朝野煙火工業は、長崎市郊外の、人気（ひとけ）のない山中にある。フェンスには「火気厳禁」「立入禁止」など少々物々しい注意書きがある。

立派な門扉（もんぴ）の脇にはやや古びた一枚板の看板があり、その奥には、モルタル造りの小屋が点在していた。

朝野太陽の父である朝野陽平（ようへい）が経営する花火の制作工場だ。

今、二十八歳になった太陽は、その父に封筒を向けて立っている。

辞表だった。

「辞めます、花火師」

花火の制作に携（たずさ）わっている職人たちが、いっせいに、え！　と驚いた声を発する。

陽平は、苦々しい顔でその辞表を受け取ると、少しの沈黙の後に、訊いた。

「大晦日（おおみそか）の花火大会のことか？」

太陽はぐっと顎（あご）を引く。

「どうして作らせてくれないんですか、花火……」

「あんな〝星〟じゃ半人前もいいところだ。お前にはまだ任せられない」

花火は基本的に花火玉を爆発させる〝割粉(わりこ)〟と、輝く光になる〝星〟の二種類の火薬で作られるが、製造過程で一番難しいのが、この星を作る作業だ。ひとつひとつの星が正確な球体でないと、花火が開いたときに美しい形にならない。真ん丸の星を、大きさを揃えて大量に作るには、確かに高い技術が必要だ。

しかし、父が自分を認めてくれないのは、違う理由からではないか。

「ダメなのって……色ですか？」

太陽は、思い切って尋ねたつもりだ。ずっと、確認するのが怖かった。でも、逃げることはできない。自分はもう十代の、修行をし始めたばかりの子供ではない。自分の何がダメなのか。真実を告げてもらい、腹をくくる必要がある。

しかし父、陽平は無言のままだ。

「……失礼します」

結局本当のところは教えてもらえない。太陽は、それが、父の無言の拒絶のように感じた。踵(きびす)を返し、工場を出ようとする。すると職人仲間の竜一(りゅういち)が呼び止めた。

「待てよ、ピーカン！　落ち着けって！」

他の若い職人たちも、次々に同意する。

「そうですよ！　ピーカンさん！」

「ったく。バカか、お前は。もうすぐ年越しまつりだろ」

「せめてそれまでは続けろって」

だから。その年越しまつりの花火を作らせてもらえないんだ。

もう、続ける意味がないじゃないか。

今年は十年目——約束の十年目なのに。

妹の春陽が、太陽の脇腹を肘でつついた。

「バカ兄貴。ちょっち頭冷やしに行くよ」


海から吹いてくる風が、確かに頭を冷やしてくれる。眼下に煌めく海は、冬にしては明るい色合いをしている。

亡くなった母は、ここで眠っているのだ。

「頭冷やすって、墓参りかよ……」

しかも、花を供えてお祈りするような普通の墓参りではない。太陽と春陽は、いつもそうするように、墓前で手持ち花火をしている。

花火が、勢いよく閃光を放つ。

「今日はお母さんの命日だもんね。顔見せないと可哀想じゃん」

もう二十年以上前。太陽が五歳だった冬、母の明日美が亡くなった。原因は工場の火の不始末で、火事に巻き込まれたことによる、一酸化炭素中毒だった。

太陽は幼かったためか、前後の記憶がはっきりしない。母の顔さえ、ほとんど忘れてしまっている。当時一歳の赤ん坊だった春陽はなおさらだ。

「お母さんってどんな顔だったんだろ」

春陽はぽつりと呟(つぶや)く。

「俺もなんとなくしか覚えてないや……」

「だよね。ったく、おとうってば、写真一枚くらい残してくれてもよかったのに。全部燃やすかね、普通」

確かに幼い頃、太陽もそう思っていた。家には母の写真が、本当に一枚もないのだ。

「辛(つら)かったんだよ。母さんの顔見るのが」

「自分の不始末で起きた火事だからって、そこまでする？　そんなに辛かったのかなぁ」

「……辛いよ、そりゃ」

火を、誰よりも愛し、職業にまでしている花火師が。自分の失態で、火によって妻を亡くした。

それでも父は花火師を続けている。

消せない炎があるのだ。その熱を、太陽も本当は理解できる。

辞表を書いたが、心はまだ揺れているし、すっぱりと諦めきれるものでもない。

燃えカスの花火を片付けていると、爆竹が目に留まった。花火セットに入っていたのだろう。

逢いたくても逢えないのは、辛いこと――。

その気持ちが、大人になった太陽には、痛いほど分かる。

太陽は、爆竹をそっと上着のポケットにしまいこんだ。

「いただきまぁーす！」

墓参りの帰り、南山手の洒落たイタリアンレストランに寄った。春陽は喜々としてカルボナーラを食べ始める。太陽は食欲がまったくないので、アイスコーヒーのみだ。

クリスマスの店内は、カップルが目立った。そんな中、太陽の前に座るのは大食いの妹である。パスタを食べ終わる前に、大きなジェノベーゼピザが届いた。

「春陽、お前、ジェノベーゼって嫌いじゃなかったっけ？」

春陽はぽかんとした顔をする。

「は？　これマルゲリータピザですけど」

しまった。太陽はすいとピザから視線を外す。

アイスコーヒーを一口飲んでから、ややぶっきらぼうに言った。

「……食べ過ぎだって。今夜、医者との合コンなんだろ？　クリスマスに合コンとか元気だな」

妹はタフで己に正直に生きている。時々彼女のしぶとさが羨ましかった。

春陽はぺろりと唇の周りについたクリームを舌で舐め取る。

「異業種交流会。てか、おにいはオスとしてオワコンよね。二十八のくせにクリスマスに独り身でさ。彼女作れば？」

「別に、必要ないよ……」

春陽は意味深な視線を投げてよこし、ひとり勝手に納得した様子でうなずく。

「あー、なるほどねぇ。おにいの恋が大体いつも三ヶ月で終わるのは、あの子のせいかー。……雨ちゃん！」

うっ、とナイフを突き立てられたかのごとく、太陽は胸に手を当てた。冗談ではなく、本当に痛い。

「……なんで忘れられないの？」

普段、こういう時の春陽は、楽しそうにする。目をキラキラさせて、恋愛ベタな兄をからかう。しかしこの日はなぜか、何か苦いものを呑み込んだかのような顔をして、ぽつりと言った。

「付き合ってなかったんでしょ？　おまけに仕事が忙しいから、もう連絡しないでって言われたくせに」

「……約束したから」

「約束？」

「なんでもない。先、帰るよ」

太陽は伝票をつかんで立ち上がった。

「ごっちゃんでーす」

春陽が手をひらひらふる。そんな妹に背を向けて店を出ると、とたんに、冷気が全身を包んだ。暗くなった夜空を見上げても、街の明るさのせいで、星は見えない。そこに打ち上げるはずだった大きな光のことを、つい、考えてしまう。

それから、あの日の彼女の笑顔も。


妹に指摘されるまでもなく、太陽は、まだ、雨のことを忘れられない。

高校を卒業した太陽は、父親が経営する工場に入った。二年後に卒業した雨は、夢を叶えるために東京に行った。

有名な洋菓子店で修行を始め、ふたりには距離が生じた。長崎と東京、場所だけではなく、時間のズレも徐々に大きくなった。それぞれの仕事に時間と気力を奪われ、連絡を取らなくなっていったのだ。

未練がましい自分が嫌になりつつも、太陽は時折、彼女と最後にやり取りしたメッセージを読み返す。

『今は仕事に集中したいから、もう連絡してこないで。ごめんなさい』

『分かったよ。仕事がんばって』

二〇一六年のクリスマスだった。

月日はさらに流れ、あっという間に七年が経った。それでも、太陽は雨を忘れていない。

雑踏の中に、今でもこんな風に、彼女の姿を探して――。

太陽は、はっとして、橋の真ん中で立ち止まる。一覧橋にいるのだが、ふたつ向こうの眼鏡橋の下に、見覚えのある女性がいる。

こちらに背中を向けている。

でも、でも……間違いない。

ふと、顔や手の甲に冷たいものがあたった。雨だ。音もなく降り出した。眼鏡橋の下にいる女性が、鞄から、何かを取り出している。

それは、折り畳み傘だった。

傘を差し、歩いていってしまう。

「待って……！」

太陽は走った。

忘れることなんてできない。雨の中開いた傘が、記憶を鮮明に蘇らせる。彼女の笑顔、困った顔、ひそやかな声。あの眼鏡橋のたもとで、飛び石をして、よろめいた彼女を支えた。驚くほど華奢で、でも温かくて。どうしていいか分からなくて、自分から川に落ちた。

あの日の自分のバカさも含めて、無駄な記憶は何ひとつない。すべてが宝物のように大事な時間だった。

今、太陽は、あの傘の下の人物の顔を見るために、眼鏡橋に向かって走っている。しかし、近づいてみれば、そこに彼女の姿はない。どこかに行ってしまった。太陽は階段を駆け上がる。必死に周囲を捜す。

走って、走って、遠くに彼女の後ろ姿を再び発見する。傘を畳んで、路面電車に乗り込もうとしている。

ドアが無情に閉まり、電車が走り出す。太陽は猛然と電車を追いかけた。

しかし。

脳裏にあの日の約束が蘇った。

寝転んだ芝生の青い匂い、遠くで夕陽に輝く海、絡み合った小指。

『十年後の約束?』

『うん。十年後の大晦日、一緒に花火を見に行こうよ。俺の作った花火、見てほしいんだ』

無邪気な約束。でも、真剣だった。自分の夢も、彼女の夢も、きっと叶えてみせるのだと。

約束は明確な刻印となって胸に深く刻まれた。しかし今、その彼女が確かにいたのに、太陽は足を止めてしまう。刻印が重く、深く、自分をこの場に縫い留めたのだ。

『あんな〝星〟じゃ半人前もいいところだ』

父親の言葉とともに。

なすすべもなく、電車を見送り、踵を返して歩き出す――その時。

黒い傘の男と、すれ違った。不吉な、喪の色のスーツを着た、男と。

年の瀬も迫ったこの日、雨は、突然訪ねてきた司が言い出したことに困惑していた。

「スイーツ教室？」

雨の困惑をよそに、司は真剣な眼差しで頼み込んでくる。

「予定していた講師が熱出しちゃって。代わりに講師をやってほしいんだ」

「わたしが……⁉」

「言い出しっぺが市長の奥さんで、今さらキャンセルできなくて。だからお願い」

「む、無理です。わたしなんかじゃ……」

雨はしどろもどろに断り、お茶を淹れるために立つ。しかし、

「君が必要なんだ！」

強い言葉が、足を止めさせた。

「頼むよ。力を貸して」

ああ。どうしてこういうときに、あの言葉を思い出してしまうんだろう。

『雨は、この世界に必要だよ』

遠い昔、魔法のように心に刻み込まれた彼の言葉を。

「……分かりました」

司は顔を輝かせた。

「いいの？　ギャラ安いけど」

「お金より、それより……わたし――やっぱり、変わりたくて」

まだ間に合うだろうか。いや、間に合わなくても、この地で、せめて、あの人に顔向けできるようになりたい。そんな思いから、雨は、司の突拍子もない提案を引き受けたのだった。

6

「変わらないの？　気持ち。ガチで今年いっぱいで辞める気？」

朝野煙火工業の事務所で、春陽は怒った顔をして兄を問い詰めていた。事務所内にいた人間が、みんな太陽に目を向けている。もちろん、父親の陽平も。

「ってか、どうして辞めるの？　理由は？」

「それは……才能がないから」

「嘘。わたし、分かってるんだから」

妹は真っ直ぐな目で、太陽を見つめてくる。言い逃れを決して許さない表情。こういうときの春陽は、驚くほど意志が固い。

「ついこないだ、医者と合コンしたの知ってるでしょ？　下劣な眼科医も参加してて、わたしのこと振ったんだけど……まあとにかく。その、人を見る目がない医者が言っていたの。マルゲリータとジェノベーゼを間違える理由……色覚異常かもって」

室内がざわめく。春陽は畳み掛けた。

「見えてないんでしょ、赤い色」

太陽は、すぐには答えられない。仲間の雄星(ゆうせい)や純(じゅん)、一番の古株で大先輩の達夫(たつお)が、ショックを受けた顔をしている。

「ピーカン、本当か？」

もう、ごまかすことはできない。覚悟を決めるのだ。真実を打ち明ける覚悟を。

「……俺の目、赤い色を感じることができないんです。だからもうこれ以上……」

「辞めて正解だ」

はっきりとした声で決断を下したのは、陽平だった。

「もういい。今日限り辞めろ。お前はうちには必要ない」

黙り込んだ太陽の代わりに、春陽が叫んだ。

「おとう！　それガチモンのパワハラ！」

「いいよ」

太陽は妹を遮る。

「どうせ俺は色を判別できないんだから」

「そうじゃない」

陽平は静かな声で否定した。

「自分の目を言い訳しているような奴に、人の心を動かす花火は作れない。絶対にな」

そう言い残し、先に事務所を出ていった。太陽は何も言えず、ただ俯いて、奥歯を噛み締めていた。

夢を叶えようと指切りをした、十年前の約束が、叶えられず、現在の雨を苦しめていた。同じように、太陽もそうなのだとは、この時まだ雨は知らなかった。

互いに夢を叶える約束のほかにも、いくつか二人で決めたことや、特別な約束が存在した。その中でも、特にあの日のことは、鮮明に憶えている。

　ふたりで、手持ち花火をした日のことだ。

鍋冠山公園の展望台で。二〇一三年の十月、朝夕はもうだいぶ涼しい、秋の夜のことだった。

　季節外れの花火だったけれど、色とりどりの閃光が闇夜に弾けるさまはとても綺麗だった。その光に照らされる太陽の顔も、雨は、昨日のことのように憶えている。

「そうだ。最後に線香花火で勝負しない？」

　子供のように太陽が提案した。

「玉が先に落ちた方が負け。勝った方は負けた方になんでもいっこだけお願いできる。どう？」

「うん。やってみたい」

　ふたりで座って、ふたつの線香花火の行く末を見守った。少しでも動くと火花を散らし終える前に玉が落ちてしまうから、雨は手元に集中しながら、それでも、心に浮かぶ言葉をぽつぽつと呟いた。

「不思議だな。太陽さんとこんなふうに仲良くなるなんて、すごく不思議。最初の印象、最悪だったから」

太陽はうわあ、と苦笑した。

「そのことは言わないでよ」

「だって変なこと言うんだもん。晴れた空から雨が降っている時、赤い傘に入っていた二人は……その……運命の赤い糸で結ばれる、だなんて」

暗いから。お互いに視線は線香花火に向けられているから。だから、普段は照れくさくて言えない言葉を言うことができたのかもしれない。

「でも迷信だもんね。そういうの当たらないから――」

「嘘なんだ」

え、と雨は思わず太陽を見た。

「それ、俺が作った嘘の迷信」

「どうして？」

太陽は恥ずかしそうに、鼻の頭にくしゃっと皺を寄せて笑う。

雨は、祖母の言葉を思い出した。

『きっとその子、雨の運命の人になりたいのよ』

とたんに心臓がうるさくなって、急いで太陽から、線香花火に視線を戻した。

太陽も、雨もしばらく無言でいた。柔らかな橙色の光が、優しく広がっている。すると、雨の火の玉が先に落ちてしまった。

「勝った。願いごとどうしよう」

太陽の火の玉も落ちて、辺りは闇に包まれる。背後には幾千もの夜景の光が広がっているのに、雨は、線香花火の光が惜しくて、消えてしまったことが残念でならなかった。

「ねえ、雨ちゃん……」

太陽は何かを言いかけたが、

「ううん、やっぱちょっと考えさせて」

と、立ち上がって、別の花火に火をつけた。


季節外れの花火の遊びはあっという間に終わってしまった。夜道をふたりで帰って、分かれ道で立ち止まる。

「じゃあ、ここで」

太陽に言われ、雨もうん、と頷いた。すると彼は鞄から、あの赤い折り畳み傘を取り出したのだ。

「雨、降りそうだから」

雨は困惑した。

「でも大事なものじゃ……」

確か、亡くなったお母さんの形見だと。

「いいんだ。雨ちゃんが持ってて。それで、十年後の約束のときに返してよ」

「分かった……」

傘を受け取って、でも雨はなかなか動けなかった。太陽も同じだった。名残惜しくて。まだ、何か伝えなくちゃならないことがあるような気がして。いいや、何もなくても、彼から離れてしまうのが寂しくて。

パラパラと音を立てて雨が降り出す。それが合図だった。

「また明日」

と太陽が言った。

「……また明日」

太陽が先に歩き出した。雨は受け取ったばかりの赤い傘を開き、小さくなってゆく太陽の背を見つめていた。

7

運命とか、縁とか、もしかしたら本当にあるのかもしれない。八年ぶりに戻った故郷で、雨は母校でスイーツ教室の講師をすることになった。

県立長崎高等学校。年末の三十日、母校の家庭科調理室で、雨は大勢の見知らぬ人々の前に立っていた。

司は教室の隅で見守ってくれている。

「こ、こんにちは……逢原雨と申します……」

何しろ、人前で話す経験などない。小さな雨の声に、参加者たちは怪訝(けげん)そうな顔をしている。

雨は息を整え、手の中、握りしめたハンカチに視線を落とす。相変わらず、これが心の拠り所だ。雨粒のワッペンをじっと見てから、顔を上げた。

「逢原雨です。今日はラム酒の生チョコケーキを作りたいと思います。よろしくお願いします！」

参加者たちから拍手が起こった。

雨は、ひとまずほっとする。

生チョコケーキのレシピはやや難しく、初心者にはハードルが高い。でも、ひとつひとつの作業を丁寧(ていねい)にやっていけば大丈夫だ。

まずは細かく砕(くだ)いたクッキーと溶かしたバターでボトムス（土台）を作り、そこにガナッシュを流し込む。

このガナッシュづくりにはコツがいる。ガナッシュとは、刻んだチョコレートに加温した生クリームを混ぜ合わせて乳化させ、なめらかなクリーム状にしたもの。ケーキや、チョコトリュフに使われることが多い。これが時々、分離してしまうことがあるのだ。原因として考えられるのは、チョコレートが完全に溶け切っていなかった、生クリームの加温がじゅうぶんでなかった、混ぜ合わせ方が足りなかったなど。

そのため、今日はこのガナッシュづくりがひとつの山場になるだろう。雨は前もって段取りを考え、参加者たちにできるだけ分かりやすく教えられるよう、頭の中で何度もシミュレーションをして臨んでいた。

今のところ、順調に進んでいる。雨の説明をメモに取る人も多く、時々笑顔もこぼれる。その和やかな雰囲気に、雨も次第に緊張が解けていった。司も嬉しそうだ。

「では、ここでボトムスを十五分ほど冷やすので、その間にガナッシュを作りましょう」

さあ、いよいよガナッシュ作りだ。雨は予め考えていた手順を、参加者に説明しようとする。しかし。

『下手くそ！』

突然蘇った声が、雨の手を止めた。

思い出してしまったのは、東京の有名洋菓子店「レーヴ」で修行していた時の、先輩の怒鳴り声だ。

「だから分離するって言ってんだろ？」

ガナッシュの分離はプロとしては許されないミスだ。混ぜ合わせ方が弱かったのか、生クリームの温度設定が悪かったのか。

雨はひたすら、「すみません」と小さく謝った。自分を蔑むように見る先輩たち。次々に怒鳴られ、追い立てられるように作業を続行するが、そのうち手が止まって完全に動かなくなってしまった。

それまでも、叱られることは、日常だった。耐えて、耐えて、先輩たちの技術に追いつこうと懸命に努力を重ねた。しかし結局彼らの手をたくさん借りることになってしまい、作業が大幅に遅れたりして、厨房の雰囲気は次第に最悪なものになっていった。

決定的だったのが、ガナッシュ作りだったのだ。怒鳴られ、完全に手が止まってしまったのは、この時が初めてだった。

すると、雨がもっとも尊敬し、師と仰いでいたレーヴの代表パティシエの田島が、冷めた表情で言った。

「君はもう、うちには必要ないよ」

雨はふらつき、調理台に手をついた。その拍子に、台の上の器具が派手な音を立てて床に散らばる。

どうして、今。よりにもよって、今ここで、あの日々のことを思い出してしまったのか。

「大丈夫ですか？」

若い女性の参加者が、落ちた果物ナイフを拾ってくれた。彼女はナイフを手に、雨の方を向く。

雨は戦慄し、全身の血が一気に引いた。

眼の前に立つのは、母だ。

あの日の霞美が、果物ナイフを手に雨に迫ってくるではないか。

『あんたなんていらない。必要ない……』

雨はひっ、と声にならない悲鳴をあげて、その場に尻もちをついた。

「ごめんなさい……」

参加者たちが何事かとざわめき始める。しかし、雨に見えているのは、過去だ。

「許して……お母さん……許して」

クレヨンで、汚くしちゃってごめんなさい。お菓子作りの才能がなくてごめんなさい。お母さんを助けてあげることができなくて……ごめんなさい。

「雨さん？　どうしたの!?」

司が駆け寄ってきて、雨の肩を抱いた。雨は今度は、高い悲鳴をあげた。

「やめて！　お願い！」

息ができない。喉（のど）を押さえ、そのまま、冷たい床に倒れてしまった。

目を覚ますと、どこかで見たような場所にいた。白いカーテン、白い天井……ああ、そうか。学校の保健室だ。

一瞬、時代が遡（さかのぼ）ったのかと錯覚（さっかく）する。でもそんなことがあるはずはない。雨は二十六歳で、故郷に戻ってきて、そして……とんでもない失敗をやらかしてしまったのだ。

「よかった。気がついて」

ゆっくりと身体（からだ）を起こすと、隅に座っていた司が近くまできた。

「……スイーツ教室は？」

「中止に」

司の声は優しいが、雨はいたたまれず、俯（うつむ）いた。

「ごめんなさい……」

「急に頼んだ僕のせいだよ」

「違います。わたし、嘘をついていたんです……」

「嘘？」

「お店、とっくにクビになってるんです。五年も前に」

そうなのだ。上京し、夢を叶えるために叩いた門の向こう側に、一度は入れてもらえた。しかし、待っていたのは過酷な現実だった。

「毎日毎日怒られて。最後は、必要ないって言われました」

君は必要ない。

この言葉に、雨はどうしても過敏に反応してしまう。

「他の店で働いたりもしたんです。けど、全然ダメで。怒鳴られて、メンタルやられて、逃げ出して」

知り合ったばかりだからこそ、雨は話せる気がした。何も格好つけず。ただただ、真実をぶちまけたかった。

「食べていくためにファミレスでアルバイトもしました。でもそこでも鈍臭いって高校生にも笑われて……。あいつは使えない、あいつがいると邪魔だって、いつもいつもそう言われていました。どこに行っても『必要ない』って」

司は、黙って聞いてくれている。雨は続けた。

「惨めで……情けなくて……ちょっとでも才能あるかもって思った自分がバカみたいで……。だけど、わたし……それでも、わたし」

手の中のハンカチ、雨粒のワッペンをぎゅっと握りしめる。

「変わりたくて」

こみあげてきたものが喉を焦がし、涙となって溢（あふ）れた。

「約束、叶えたくて……」

涙が、雨粒のワッペンを濡らす。雨滴（うてき）のように。

太陽君。

本当は、あなたに全部話さなければならないのに。変わりたくても変われなかったって。

どんな顔をしてあなたに会えばいいのか、わたしには分からない。

夕陽が窓に滲（にじ）んでいる。雨は声を殺して、泣き続けた。

玄関の方から、雪乃の「ただいまー」という声が響いた。

部屋の中でぼんやりとしていた雨は、はっと顔をあげ、無理に明るい笑顔を作る。

「おかえりなさい！」

居間に入ってきた雪乃は、コートを脱ぐ暇も惜しい感じで訊いてきた。

「どうだった、スイーツ教室？」

「うん。喜んでもらえたよ」

雪乃の顔が輝く。とても誇らしそうだ。

「よかったねぇ～！　さすがは有名店のパティシエね！」

「……ばあちゃん、あのね――」

本当のことを言わなければならない。それは分かっていた。雨は岐路に立たされている。今、言わなければ。今――。

「じゃあ、お正月に作ってよ。ばあちゃんの退職祝いに」

予想外の言葉に驚いていると。雪乃はさっぱりとした様子で言った。

「実は、明日で仕事を辞めるの」

「……どうして？」

雪乃は一瞬、口ごもる。しかし、再び柔らかな微笑を浮かべた。

「ずっと働き詰めだったから、少し休もうと思って。でも心配いらないよ？　貯金なら多少はあるから」

「でも……少しくらい仕送り……」

「あんたは自分の夢のことだけ考えなさい。いつかお店を持って、ばあちゃんに美味しいスイーツ、いっぱい、いーっぱい食べさせて。それがわたしの一番の夢」

夢。その言葉に、雨は言葉を呑み込んだ。本当は、打ち明けたかったのに。夢という言葉と祖母の笑顔が、今の雨には痛い。だから結局、雨は、真実を雪乃に打ち明ける機会を逸してしまった。

8

翌日の大晦日(おおみそか)、雨は来たときと同じキャリーケースを手に二階から降りた。雪乃にあてた手紙を、そっとテーブルの上に置く。

外に出ると、曇天(どんてん)を見上げた。


「ばあちゃんへ――。

突然だけど、予定より少し早く長崎を離れることにしました。

本当はね、花火を見るために戻ってきたの。太陽君の花火を……。でも、わたしには資格なんてなかった。そのことが改めて分かったの。わたし、もうパティシエじゃないんだ。夢、諦めたの。

この五年、ずっと自分が嫌いだった。なんの成果も出せなくて、何をやっても全然ダメで、一人前にもなれなくて……毎日毎日、悔(くや)しくてたまらなかった。

ねえ、ばあちゃん。もしもわたしがこんな性格じゃなかったら、弱い心じゃなかったら、ばあちゃんに喜んでもらえる自慢の孫になれたのかな。

例えば、他の世界線があったら、たくさんの人に必要とされる、そんな生き方ができていたのかな。

ばあちゃん、こんなダメな孫でごめんね。こんな情けない人生で、こんな大人にしかなれなくて、本当に、ごめんね……ごめんなさい。

いつかまた連絡します。それから、最後にひとつだけお願いがあるの。渡してもらいたいものがあって――」

雨はキャリーケースを引いて歩き、家から遠ざかる。途中で、こっそりと、雪乃の店をのぞいた。疲れた顔に笑顔を浮かべて接客する祖母に、心のなかで深く頭を下げる。

歩いていると、やたらと、花火大会のポスターが目に留まった。『協力・朝野煙火工業』。

雨はポケットからスマホを取り出した。

太陽は朝野煙火工業の印半纏(しるしばんてん)を、机の上に置いた。

今日が最後の日だ。仲間はみんな、なんとか太陽を引き留めようとがんばってくれたが、陽平の言葉は決定的だった。

気概(きがい)がないやつに、いい花火が作ることはできない。花火師にとって赤と緑の色を識別できないことが、どれほど致命的なことなのか、分かっているはずなのに。

いや、もしかしたら、分かっているからこそ、ああいった形で、息子に引導(いんどう)を渡したのかもしれない。

太陽は一礼をして、事務所から去った。

そのまま、長崎水辺の森公園に足を運んだ。

ベイエリアにあるこの公園は、長崎港の南側にある。運河がめぐり広大な緑地や屋外劇場などもある癒やしスポットで、太陽はよく、一人になりたいときに訪れていた。

夜なので稲佐山は闇に沈んでいるが、港の灯りや夜景は美しく、目に沁みる。太陽は夜風に吹かれ、ぼんやりと遠くを眺めていた。と、スマホがけたたましく鳴った。

ディスプレイに表示された名前に驚き、慌てて通話ボタンを押す。

ものの何秒かの通話を終え、弾かれたように駆け出した。

太陽は、逢原家まで走った。インターホンを何度も、何度も鳴らしていると、扉が開かれ、懐かしい顔がのぞいた。

「急に電話してごめんなさいね」

雨の祖母、雪乃だった。

「いえ、雨ちゃんは……⁉」

「これをあなたにって……」

雪乃に渡されたもの。それはあの、赤い折り畳み傘だ。

続いて、便箋が渡された。雨が雪乃にあてた手紙だという。それを、食い入るように読んでいると、雪乃のスマホが鳴った。

「もしもし？　司君？」

うん、うん、と何か深刻に話している。雨の行方が分かったのだろうか。すると、雪乃は電話を切り、太陽に言った。

「雨が、お世話になった人に連絡したみたいなの。市役所の人でね。雨、十二時の博多行きのバスに乗るみたい」

咄嗟に時計を見ると、時刻は十一時半になろうとしている。

「太陽君、お願いがあるの。あの子の心、もう一度、変えてあげて……」

太陽は、手紙を見た。そして顔をあげると、踵を返し、夜の街に駆け出した。

青年が坂道を駆け下りてゆく。

黒いスーツに身を包んだ男は、途中で彼とすれ違った。

男の隣には、やはり喪服姿の女性が立っている。ふたりともひっそりと、夜に溶けてしまいそうな佇まいだ。

青年が遠ざかる。振り返り、その背を見送りながら、男は呟いた。

「朝野太陽。彼の命は、今夜終わります」

バス停へと続く道を、太陽は猛然と走った。その後、橋へと差し掛かる。人が多い。苛立ち、焦り、雨に電話をかけた。しかし、彼女は出ない。時計の針は十二時に迫っている。バス停近くの、海を臨む交差点に出た。花火を目当てに集まった観客たちが、カウントダウンを叫んでいる。

「59！　58！」

太陽は、人混みを縫うように必死に前に進んだ。ひっきりなしにまわりを見渡して、彼女の姿を捜す。

頼む。こんな形で、また去ろうとしないでくれ。

俺たちは、話さなければならない。

そうだよね？　雨ちゃん――！

その願いが天に通じたのか。太陽はとうとう、横断歩道の向こうに雨を見つけた。

彼女はバス停に向かって歩いている。

「雨ちゃん！」

声を限りに彼女の名を叫んだ。しかし、カウントダウンの声にかき消される。

信号は赤だ。車の往来も激しい。このままでは、雨がバスに乗ってしまう。

「40！　39！」

太陽は、はっとした。ジャンパーのポケットに手を突っ込むと、あった。それを引っ張り出す。

墓参りの時の爆竹だ。ここに入れっぱなしにしていた。

『俺、あの爆竹は〝呼ぶため〟だって思ってたんだ』

きょとんとする雨に、かつて、太陽は言った。

『すごい音じゃん。どこにいても気づきそう。雨ちゃんとはぐれたら爆竹を鳴らすよ！』

雨は笑った。照れくさそうに。

『子供じゃないから、はぐれたりしないよ』

初めて気安い口調で話してくれた瞬間だった。

今、太陽は、爆竹に火をつける。

「20！　19！」

周囲の人に叫んだ。

「すみません！　離れてください！」

爆竹を投げる。宙を舞い、道路に落ちると、導火線が燃えてゆく。そうして激しい音を立てたのだった。

その瞬間、道路の向こうの雨が立ち止まった。太陽は、声の限りに叫んだ。

「雨ちゃん!!」

雨の、細い肩が、かすかに震えたような気がした。ゆっくりと、彼女は振り返った。

その瞳は、潤んでいる。太陽の位置からでも、確認できた。

いや——いつだって、俺には彼女がはっきりと見える。赤や緑が分からなくても、彼女の表情だけは、はっきりと。

道路を挟んで、お互いに見つめ合った。その時、新年を告げる花火が、二人の頭上で鮮やかに咲いた。

道路の向こうに太陽を見つけて、雨は、その場に縫い留められたように佇んでいた。指先一本、動かすことはできない。ただ、浅い呼吸を繰り返し、彼が横断歩道を渡ってくるのを見ていた。

博多行きのバスは走り去ってしまった。それでも雨は動けない。そんな彼女のところに、太陽は走り寄ってきた。

「ギリギリセーフだ！」

たくさん走ったのだろう。寒い夜なのに、額には汗が滲(にじ)んでいる。

「何度も電話かけたんだ。なのにちっとも出ないから。スマホ持ってるのに、はぐれるんだもん」

どうしてなの。なぜ、笑っているの。あの日のように。あの、爆竹の話をした日のように……。

「また逢(あ)えてよかった」

雨はとうとう、彼から視線を外し、俯いた。

「太陽君、わたしね……」

言葉を探す。必死に。前もって用意なんてしていない。今日この場所で、再会するとは思っていなかったから。すると、

「俺もなんだ」

と、太陽が呟くように言った。

「諦めたんだ。花火師になること」

雨は驚き、顔をあげて彼の顔を凝視する。彼はまっすぐに雨を見つめている。

「俺もずっと自分のことが嫌いだった。花火師なのに、ちゃんと赤い色が見えなくて。どれだけやっても成果が出なくて、一人前にもなれなくて……」

雨は無言のまま、ただただ、太陽の顔を見つめる。ずいぶんと大人びた。さっきの明るい笑顔は、変わらないのに、こうして改めて見ると、雨の知らない歳月が確かに彼にもあったのだと、分かる。

「今夜の花火も俺のじゃないんだ。間に合わなかったんだ。それで結局、花火師も辞めちゃって」

言いにくい話を、彼は、してくれているのだ。雨を追いかけてきてくれて……。

「でも、思ったんだ」

雨から目をそらさず、なお何かを伝えようとしてくれている。雨の方も真剣に彼の話に耳を傾ける。

「やっぱり俺は——君を幸せにする花火を作りたい」

視界が滲む。どうしよう。太陽の顔がかすむ。ずっと、ちゃんと見ていたいのに。雨は震え、ただ、彼の言葉を聞く。

「だからもう諦めない。自分の目を言い訳にしたりしない。何年かかっても、君の心に俺の花火を届けてみせるよ」

太陽君は、困った人だ。迷惑な人だ。ちっとも変わらない——。

「雨ちゃんだってできる」

ほら、そんなことを言い出す。十年前と同じ。

「変われる。絶対変われる。何度だってやり直せる」

彼は知っているのだろうか。彼の言葉には確かな力があって、何度も、何度でも、下を向いた人間の顔を上げさせることができる。あれほど悩んだり苦しんだり、もうこのまま消えてしまいたいとさえ、思ったのに。

雨の目から涙が溢れる。

「それでもまた挫けたら。俺、何度でも言うから。百回でも、千回でも、一万回でも」

きちんと前置きをして、太陽は、最大に威力を放つあの言葉を口にした。

「雨は、この世界に必要だよ」

9

太陽とともに帰宅すると、玄関先で待っていた雪乃が、激しい目で睨（にら）みつけてきた。

「ばあちゃん……」

「生きていることを、後ろめたく思う奴があるか」

皺（しわ）だらけの手が伸びてきた。雨は咄嗟に殴（なぐ）られると思い、目を瞑（つむ）る。

しかし。温かで優しい手が、雨の頬（ほお）を包んだ。

「負けるな、雨！」

優しい手とは反対の、強い言葉。

「自分に負けるな！」

雪乃は、そのまま雨のことを抱きしめる。

「大丈夫、あんたはわたしの孫なんだから」

その温もりも、優しい手も、ずっと昔から同じ。雨は、今ようやく故郷に帰ってきたかのような、確かな安堵（あんど）感に包まれていた。

オレンジ色の街灯が照らす中、太陽と並んで歩いた。大浦天主堂がライトアップされている。花火が終わったため、街は静けさを取り戻していた。

頃合いを見計らったように、小雨が降り始めた。

「もうここで。あ、この傘、雨ちゃんが持っていて」

太陽はあの赤い折り畳み傘を雨に差し出した。

「でも……」

「大丈夫。濡れちゃうから」

雨は仕方なく、傘を受け取る。

「……太陽君」

振り向いた太陽を、まっすぐに見て。

「わたしも諦めるの、やめる。何年かかるか分からないけど、一人前のパティシエになる。だから――」

と、小指を彼に向けた。

「もう一度……いい？」

「もちろん」

太陽は、彼らしく明るく笑い、雨の指に自分の小指を絡めた。

「約束……」

「うん、約束……」

どうしてあの時、あの場所で、太陽と別れたのだろう。もっと先まで送っていけばよかったのだ。傘はひとつしかなかった。小雨だと思った雨は、どんどん強くなった。せめて彼を追いかけて、一緒に傘に入れば良かったのに。

大浦海岸通り。強まった雨脚の中、ずぶ濡れになった太陽は、横断歩道の前で足を止めた。信号機が雨に滲んでぼやけて見える。

太陽は、一歩、前に踏み出した。

ヘッドライトが、太陽の全身を照らし出した——。

そのけたたましいブレーキ音は、すでに家に向かって歩いていた雨の耳にも届いた。

振り返る。夜の闇と、激しくなった雨。

嫌な予感がして、雨は走り出した。

そこから記憶は曖昧だ。気づけば雨は、赤い傘を放り出して、濡れたアスファルトの道路に座り込み、倒れた太陽を抱きかかえていた。

「お願い……誰か……誰か助けて……！」

どうしよう。

太陽の頭からは鮮血が流れ、雨の中に溶けてゆく。ぐったりとして、呼びかけにも応じない。

こんなことは、あってはならない。太陽君が。あの太陽君が……再会したばかりで、指切りげんまんを、やり直したばかりで。

叫んでも、叫んでも、どうにもならなかった。しかし、激しい雨の中、誰かが近づいてきた。茫然自失の雨の瞳に、黒い靴先が映り込む。

はっとして顔をあげると、喪服姿の男がいた。

「私は案内人の日下です」

抑揚のない、平坦な声で、彼は名乗った。豪雨だというのに、はっきりと聞こえた。さらに。

「朝野太陽君を迎えに来ました」

「案内人……？」

理屈ではなく、直感で、雨は、彼が天からの使者なのだと察した。

この男に、太陽を渡してなるものか。

「助けてください……なんでもします……だから」

「なんでも？」

男は静かに、耳朶(じだ)の奥に直接届くような、深みのある声で問い返す。

「ならば、あなたに奇跡を授けましょう。受け入れるのなら、彼の命は助けます」

「奇跡……？」

天使なのか、死神なのか。定かではないまま。

「奪わせてください」

と、彼は言った。最初からそれが目的だったかのように、淀(よど)みのない口調で。

「奪う？　何をですか」

「あなたの、心です」

「心……」

太陽は病院に運ばれた。慶明(けいめい)大学付属長崎病院だ。手術室の前で、雨は、長椅子(ながいす)に座り項垂(うなだ)れている。

雨の前には、日下と、もう一人女がいた。

「紹介します。彼女は――」

「千秋(ちあき)です」

日下を遮(さえぎ)るように彼女が名乗る。目鼻立ちの整った、とても美しい女性だ。年齢は三十歳前後だろうか。黒いワンピースが白い肌に映えている。

　日下はかすかに唇を歪め、雨に向き直った。

「もし奇跡を受け入れたら、今後は彼女もあなたのことをサポートします」

　この人たちは、本当に、何を言っているのだろう。奇跡とか、サポートとか。心を奪う、とか。

　胡乱な目を彼らに向けた時、廊下の向こうから看護師が走ってきた。日下にぶつかる、と思った瞬間。看護師は、彼をすり抜けた。

　雨は声もなく、日下と千秋、両方を順番に見る。千秋が肩をすくめた。

「わたしたちの姿は誰にも見えないわ。あなたと、朝野太陽君以外には」

　日下は頷き、淡々と、説明を始める。

「さて。あなたに授ける奇跡について説明します。奪わせてもらうのは、〝五感〟です」

「五感……？」

「人は五感を通じて心を育んでゆく生き物です。いわば五感は心の入り口。これから三ヶ月かけて、あなたの五感を奪わせてもらいます。見ること、聞くこと、匂い、味、そして誰かに触れたその感触。それらをひとつずつ」

　理解が追いつかない。自分からそれらがなくなってしまったら……いったい、どうなってしまうのか。

「この奇跡を受け入れるのなら、朝野太陽君を助けましょう。しかし断れば、今から十分後、彼は死にます」

十分。全身の血が一気に下がり、ずっと呆然としていた雨の体に、奇妙な力が入る。と、手術室のドアが開き、ストレッチャーに乗せられた太陽が出てきた。

その後ろから出てきた医師に、雨は取り縋る。

「先生！　太陽君は⁉」

医師は無情に首を振った。

「ご家族に連絡を」

そんな——そんな！　よろめいた雨の耳に、日下の声が響く。

「さあ、決断を。彼に心を、捧げますか？」

人は死ぬときにそれまでの人生を走馬灯のように見るという。太陽の場合は、もっとも大切な想い出が、色鮮やかに脳裏に蘇った。

あれは、高校二年生の夏祭りの夜だった。大波止橋の上で、太陽は、独りぼっちの雨を見つけた。

彼女は立ち止まり、笑顔もなく、花火を見ていたのだ。

どうしてあんなに悲しそうなんだろう？　花火を見て、あんな顔をする女の子がいるなんて。いったいどんな花火だったら、あの子も笑顔になれるんだろう？

いてもたってもいられなくて、太陽は、自宅に駆け込み、リビングにいた父に言った。

「父さん！　卒業したら俺のこと弟子にしてください！」

翌年の春だ。意外な場所で、雨と再会した。というより、またしても一方的に見かけた。

高校の、桜の花びらが舞い散る春の校庭だった。太陽が友人たちと昼食を摂(と)っていると、雨がひとり、渡り廊下を歩く姿を目にしたのだ。

「なぁ、あの子、誰⁉　なんて名前⁉」

友人たちは口々に言った。

「一年だよな」

「あー俺、同中だわ。確か……逢原雨？」

「……雨」

太陽は、彼女の名前を知り、思わず笑った。

雨と、太陽。同じ空にちなんだ名前。

だけど……二度目に見た彼女には、やはり、笑みはなかった。

そんなふたりをつないだのは、やはり、空から降る雨だった。あの日の放課後、困った様子で雨空を見上げる彼女に、勇気を振り絞(しぼ)って、声をかけたのだ。

鞄(かばん)から取り出した赤い折り畳(たた)み傘。隣に並び立つだけで、心臓が早鐘のようにうるさく鳴った。晴れた空から降り落ちる美しい雨の滴。あの瞬間は、いつまでも、太陽の中で鮮やかな映像となって残っている。赤い傘の色さえ、はっきりと分かるんだ。

そこで目が覚めた。見知らぬ天井が飛び込んでくる。やけに静かだ――。

はっとした。

俺は確か、車にはねられた。

ああ、そうだ。

雨で視界が悪くて、歩行者用の信号を見間違えたんだ……。

身体を起こす。不思議なことに、どこにも痛みはない。

しかし、ここは病院のようだ。ベッドの横の床頭台には、所持品が置かれている。

財布。スマホ。そして……折り畳み傘。

太陽は、病室の入口付近を見やった。

「雨ちゃん……?」

その頃、雨は待合室のベンチに座っていた。傍らには千秋がいる。

「これでよかったの……?」

おかしなことを訊く。そもそも、彼女たちが、この突拍子もない取引を提案したというのに。

そして雨には、ただひとつの選択肢しかなかった。

雨の手首にはスマートウォッチのような腕時計がある。奇跡を受け入れた証なのだ。

ディスプレイでは、数字がカウントダウンしている。

千秋がやや早口に話し出す。

「五感を失っても命がなくなるわけじゃないわ。誰とも意思の疎通ができなくなって、たった一人、闇の中で死ぬまでずっと生きてゆくのよ。そんなの耐えられるわけ――」

「返したかったんです」

と、雨は彼女を遮った。

「返したい？」

「はい。わたしはもう、じゅうぶん、もらったから」

太陽君。

わたしと友達になってくれて、ありがとう。あなたと出逢ってからの三年間は、人生で一番嬉しい時間でした。

大袈裟じゃなくてね。本当に、本当に、そう思ってたの。どうしてなんだろう。きっと太陽君が、わたしを必要としてくれたから。たくさん笑ってくれたから。それと――。

君が心をくれたからです……。

雨に貸したはずの傘が、どうしてここにあるのか。不思議に思った太陽だったが、その後医者が来て、状況を説明してくれた。

やはり、事故に遭ったこと。医者が部屋を出ていくと、入れ替わるように雨が入ってきた。

直したこと。緊急手術をして、一時は命が危ぶまれたが、奇跡的に持ち

雨はなぜか、ぼんやり座る太陽を、優しい眼差しで見ている。

「雨ちゃ……」

「よかった、目が覚めて。大丈夫？」

「それがちっとも痛くないんだ。先生も奇跡だって」

「……奇跡なんてないよ」

「え？」

優しい顔に、影のようなものが差した気がして、太陽は目を瞬く。すると彼女は、再び微笑んで言った。

「ご家族、もうすぐ来るって。とにかく無事でよかった。じゃあ帰るね、ばあちゃんが心配してるから」

「待って」

太陽は彼女を呼び止めた。なぜだか分からないが、もう二度と雨と離れたくないと、強く思ったのだ。

「線香花火の勝負、憶えてる？」

先に火玉を落とした方が、勝者の願いをなんでもひとつきく。

「あの時のお願い、今使ってもいい？」

我ながら子供だ。そんな昔の、他愛もない出来事を持ち出しても、この願いを叶えたかった。

「逢いたい……」

「え？」

「また逢いたいんだ。ダメかな」

勇気を振り絞って、太陽は言った。雨はすぐには答えず、なぜか、窓の外を見る。

まだ、雨が降っている。しかしだいぶ小ぶりのようだ。

彼女が振り向いた。床頭台に置いてある赤い傘を見て、そっと微笑む。

「その傘、借りていってもいい？」

「ああ……」

「今度は自分で返しに来るよ。これが二つ目」

太陽は、ようやく安堵し笑った。そんな彼に、雨はそっと言ったのだ。

「赤い傘と、花火の約束」

第二話　マカロンは恋と夢の味

1

炎が屋根を突き破り、黒煙が空へ吸い込まれていく。

「水だ！　水持ってこい！」

花火師の達夫（たつお）の声が響き、他の大人たちが次々にバケツリレーをして水を運び入れた。

しかし、燃え盛る炎は容赦（ようしゃ）なく、小屋を包む。

朝野（あさの）煙火工業の、てん薬仕込み室だ。普段は火気厳禁で、職人たちもここに出入りする時は慎重だった。かすかな静電気さえ、大きな事故につながりかねないからだ。

それがこの日、失火してしまった。

小屋がみるみる炎に包まれる様を、離れた場所で、五歳の太陽（たいよう）は見ていた。

二〇〇〇年十二月――

地面に横たわる太陽の呼吸は浅く、頬（ほお）は煤（すす）で汚れ、擦り傷も目立つ。

ぽつぽつと、降り出した雨が彼の頬を叩いた。

「太陽！　しっかりしろ！」

父の陽平が太陽を抱きかかえる。

「お母さんは……？　お母さん……お母さん……」

太陽は必死に母の姿を探したが、見つけられず、やがて意識は遠のいていった。

あの時の夢を見るなんて、ずいぶん久しぶりだ。目を覚ますと、涙が頰を伝っていった。

白く無機質な部屋はどこかよそよそしい……そうだ、ここは病室で、自分はまだ入院している。ぼんやりした意識の中、太陽が半身を起こすと、春陽の明るい声がした。

「もうすぐ夕方だよ？　どんだけ寝正月なのよ」

「夢見てた……火事の」

「火事って、お母さんの？」

母親の記憶がまったくない春陽は目を丸くして、ベッドのそばまで来る。

「だからお母さん、お母さんって言ってたんだ。てっきり特殊なエッチ動画の内容かと思って引いちゃったよ」

いつもの軽口に笑ってやりたいが、今の太陽はそんな気分でもない。まだ頭の中に霞がかかっている気がする。

春陽はベッドの上に小さな箱を置いた。

「はいこれ。差し入れのマカロン。なんて優しい妹なんでしょうか。ちなみに特別な意味はないからね？」

「特別な意味？」

「忘れたの？　『お菓子言葉』よ、お菓子言葉」

太陽は、ふっと微笑んだ。

「ああ、懐かしいな」

薄暗い病院の廊下を歩きながら、雨は手元のスマートウォッチを見下ろした。文字盤には、『12:15:58:05』とあり、数字はどんどん減っている。そして小さく、〝口〟を示すマークまであるのだ。

これは現実なのだと、腕にはめた雨だけの特別な腕時計が告げている。夢だと思うこともできないし、逃げることもできない。

日下は腕時計を渡す時に言っていた。口のマークは『味覚』を意味すると。その下の数字はタイムリミット。つまり、あと十二日で、雨の味覚は失われる。

味覚が奪われたら、翌日の午前零時に次の感覚と、そのタイムリミットが表示される。

また、日下はこうも言っていた。

「あなたが五感を失いつつあることは誰かに話しても構わない。しかし奇跡のことや、我々案内人のことは、口外してはなりません。話せば奇跡は強制終了。その時は――」

雨と、太陽は、どちらも死んでしまう。

真実を話していいのは、太陽にだけ、と決まっている。

案内人である日下と千秋の姿、そしてタイムリミットを表示する腕時計は、普通の人間には見えないが、雨のほか、太陽も見ることができるのだ。

雨は洋服の袖を引っ張って、その腕時計を隠した。そして階段を上り、屋上に出るドアを押し開けた。とたん、夕陽の綺麗なオレンジ色が広がって、雨は目を細める。

「――太陽君」

ここにいると、彼の妹が教えてくれた。雨の呼びかけに振り返った太陽は、何かを喉につまらせたのか、盛大に咳き込んでいる。

「来てくれたんだ！」

「うん。元気そうで良かった」

「さっき先生が、今週末には退院できるって……」

太陽はそこで言葉を切り、怪訝そうな顔で、雨の背後を見た。

そこには千秋がいた。ドアのところに、いつもの喪服姿で立っている。雨は太陽の視線に気づき、彼の意識を自分に向けようと、急いで言った。

「あのね、いっこ、ごめんなさいがあって！」

「何？」

太陽が再びこちらを見たので、ほっとする。

「赤い傘、退院の邪魔かなって思って持ってこなかったの」

「そっちの方が助かるよ」

雨はちらりと背後を確認する。千秋はいなくなっている。

「それに、こうして長崎にまた戻ってきたわけだし、これからは逢いたい時に逢えるなぁって」

太陽は、相変わらずだ。こういった、ドキドキすることを、さらりと言ってのける。今も雨の動悸など気づかぬ様子で、手元の箱からマカロンをひとつ取り出した。

「食べる？」

それを、雨の口元付近にまで持ってくる。思わず口をあーんと開けそうになったが、恥ずかしさに負け、手でマカロンを受け取った。

ころんとした小さな形に、自然と微笑みが溢れる。

「懐かしい」

「憶えててくれたんだ」

「もちろん」

雨は答え、マカロンを齧った。

甘くてしっとりした食感が、過去の大切な記憶を呼び起こす。

雨にとってマカロンは、大切な想い出なのだ。一口食べれば、いつも、いつでも、恋と夢の味がする――。

夕焼けの中、太陽とふたり、屋上の手すりにもたれて他愛もない会話を交わす。八年の時が過ぎても、あっという間にあの頃のふたりに戻れる気がする。

しかし、腕時計の数字は確実に減っていくのだ。

2

雨の部屋からは、長崎の夜景がよく見える。窓辺に腰をおろし、ぼんやりとその夜景を眺めながら、呟いた。

「あれって……あーんだったのかなぁ」

口にしてから、ものすごく恥ずかしくなって首を振った。

「ないない、ありえないよ」

「ありえるでしょ」

予想外の反応に驚いて振り返ると、そこには千秋がいる。

「もぉ！　いるなら声かけてください！　それに」

雨はじろりと千秋を睨んだ。

「彼の前には出てこないでって、言いましたよね」

雨は千秋と、日下にお願いしていた。どうか、太陽に姿を見られないようにしてほしい。そして、奇跡のことも黙っていてほしいと。

千秋は反対した。

「ひとりで乗り越えられるほど、五感を失うことは簡単じゃない」

と。でも、雨は彼に話すつもりは絶対にないのだ。話せば太陽が自分を責めるのは、分かり切っていた。だから何があっても、隠し通す覚悟でいる。

「それなのに……さっそく、見られてましたよね」

太陽の意識が、すぐに自分に向いたから、なんとかごまかせたものの。

「ごめん。どうしても彼を見たくて」

千秋は神妙な顔をして言った。

「雨ちゃんが心を捧げるほど好きな人だもの。興味あって」

雨は真っ赤になった。

「べ、別に……好きなんかじゃ」

「あら、違うの？」

「か、帰ってください」

背中を押すようにすると、千秋はくすりと微笑んで、去ろうとした。しかし、

「味覚がなくなるってことは――」

雨の言葉に、足を止めて振り向く。

「今までみたいにお菓子、作れなくなるんですよね？」

「ええ、そうね……」

五感が奪われると聞いても、最初はあまりぴんとはこなかった。しかし、腕時計に〝口〟が表示され、雨はまず、そのことを考えたのだ。

パティシエの夢が、こんな形で、再び潰えてしまうとは。いったい誰が予想できただろう。

自分の夢を考える時、雨はどうしても、母霞美とのやり取りを思い出す。

母は夜の仕事をしていたので、帰宅はいつも遅いか、明け方だった。小学校二年生の頃には、雨はひとりでお菓子を作るようになっていた。霞美に喜んでもらいたかったのだ。

仕事から帰ってきたばかりの霞美は、派手なメイクのまま、雨が作ったカップホットケーキを、本当に美味しそうに食べてくれた。

「うまい！　雨にはお菓子作りの才能があるよ！」

ただただ母に喜んでもらいたくてお菓子を作っていた雨だったから、その言葉には驚い

いの」

「神様がくれた贈り物。才能がある人は、その力でたくさんの人を幸せにしないといけな

霞美は目を細めて言った。

「才能？」

た。

「じゃあわたし、お母さんをたくさん幸せにする！」

霞美はこれを聞いて嬉しそうに笑った。その笑顔を見て、雨もまた嬉しかった。

才能とか、夢とか、当時はそんな大きなことを考えていたわけではない。ただ、母の笑顔を見るだけで、雨は幸せだったのだ。

今、雨は数字が減ってゆく腕時計を見つめ、いてもたってもいられない気持ちになる。

雨が幸せにしたいと考える人は、まだ病院にいる。思わずスマホを手に取っていた。

病室のベッドに横たわっていた太陽は、メッセージの着信に気付き、スマホを手に取った。

雨からだ。

『遅くにごめんなさい。なんだか眠れなくて』

『俺もなんだ』

『一緒だね』

『うん、一緒だ』

『そういえば、昔もこういうことあったね』

太陽は、雨からのメッセージを見て微笑んだ。


高校生の頃、雨はスマホを持っていなかった。二〇一五年の冬、夜中に、雪乃のスマホから雨は太陽に電話をしてきた。

「もしもし……雨です。ごめんね。明日も仕事なのに」

太陽は一足先に卒業し、煙火工業で働きだしていた。

「いいよ！　起きてたから！　どうしたの？」

「心配で眠れなくて……」

電話の向こうの雨の声は、いつも以上に小さく、不安が伝わってきた。

「そうだよね。明日、朝一で東京に行って、『レーヴ』の面接を受けるんだもんね」

「うん、上手（うま）くいかなかったらどうしよう……」

「なら明日の朝、逢（あ）おうよ。東京に行く前に。七時に鍋冠山公園（なべかんむりやまこうえん）でどう？　渡したいものがあるんだ」

太陽は机の上を見た。小さな箱がある。雨から電話がなかったとしても、太陽はこれを明日の朝早く彼女に届けるつもりでいた。

「マカロン。妹のアドバイスでさっき買ってきたんだ」

どうしてマカロンなのか、聞かれる前に急いで説明する。

「お菓子にはそれぞれお菓子言葉があって……詳しくは逢った時に言うよ。じゃあ」

「太陽君」

「ん？」

「……眠くなるまで、こうして電話してていい？」

雨がそんなふうに何かを頼んでくるのは、本当に珍しいことだ。太陽は微笑んだ。

「いいよ」

電話の向こうの雨がどんな表情をしているのかは分からない。でも、想像できるような気がした。きっと恥ずかしがっている。太陽も同じだった。それで、お互いに無言になってしまったのだ。

やがて雨が呟いた。

「ごめんなさい。長電話って慣れてなくて」

「俺も……。じゃあ花火の話。よく『たまや～』とか『かぎや～』って言うでしょ。あれは『鍵屋（かぎや）』っていう花火師の一門がいて――って、こんな話、つまらないよね」

太陽は自分を呪いたくなった。こういう時に面白い話のひとつもできない。春陽に知られたらまたポンコツ兄貴と言われてしまいそうだ。しかし、

「ううん、もっと聞きたい」

優しい雨は、そう言ってくれた。

「よし。それでね――」

太陽は、延々と、花火の話を雨に聞かせた。実際、花火の話ならいくらでもすることができた。雨は黙って、時々相槌を打ちながら、嬉しそうに聞いてくれていた。

やがて窓の外がうっすらと白み始めた頃。

「もしもし?」

電話の向こうがあまりにも静かで……ただ、雨の寝息がかすかに聞こえてきていたのだった。太陽はそのまま電話を切ろうとしたが、ふと思いつき、

「ねぇ、雨ちゃん……」

そっと伝えたのだ。

「……好きだよ」

相手は寝ている。でも、途端に恥ずかしさに襲われてしまい、慌てて電話を切った。深呼吸をひとつして、沈黙するスマホに微笑んだ。

「おやすみ……」

子どもたちの清らかな歌声が、大浦天主堂に響き渡る。賛美歌を歌う子どもたちを見守る参列者の後方に、日下と千秋も座っていた。

千秋は正面を見つめたまま、呟く。

「彼女はまだこの奇跡の過酷さを分かっていません」

「そうでしょうね。それが？」

平坦な声で返され、千秋は思わず、隣に座る日下を責めるように見てしまった。

「あなたが担当を名乗り出た際に言ったはずです。感情移入してはならないと」

「でも――」

「これは彼女自身の選択です」

確かに、千秋は自ら名乗り出たのだ。案内人として、どうしても、自分が担当したかった。雨が自分の選択で苦しむ日が来るように、千秋もまた、自らの意志でこの件を引き受けたことで、苦しむことは目に見えていた。それでも選択した。雨もまた、そうなのだ。どれほど苦しむことが分かっていても、何度でも、同じ選択をするだろう。その気持ちが分かるからこそ、千秋は切なかった。

しかし今の自分は、彼らをただ見守ることしかできない。

3

「もう一度、働かせてください！」

朝野煙火工業の事務所では、太陽が、一同の前で頭を下げていた。

「一から、いえ、ゼロから始めるつもりで頑張ります！」

同僚の雄星が、まず、太陽の全身を眺め回した。

「ピーカンさん、怪我の具合はもういいんですか？」

「うん、どこも痛くはないんだ」

純も雄星と同じ様に太陽を見て、驚いた顔をする。

「トラックに撥ね飛ばされたのに？」

「悟空じゃないんだから……」

ふたりとも信じられない様子だ。太陽自身が一番びっくりはしているが、本当になんともなかった。

大先輩の花火師である竜一が、陽平にとりなしてくれる。

「親方、ピーカンもこう言ってるし、戻してやりましょうや」

陽平は無視を決め込んでいる。気まずい空気が流れたが、太陽は動かなかった。すると

工場の古株である達夫が箒を太陽に渡して、

「じゃあまあ、ここから再スタートだな」

と言ってくれた。太陽はほっとしたが、陽平の様子が気になった。しかし、やはり、何も言ってくれない。ちくしょう、と思ったが、悪いのは自分だ。心を入れ替えて励むという決意は揺らがなかった。箒を手に、外に出ていった。

春陽も場を和ませるためか、明るい声で、

「市役所行ってきまーす」

と、太陽と同時に外に出た。

だから、その後、事務所内で交わされた会話は、ふたりとも知らなかった。

純と雄星も仕事に移り、事務所内は達夫と陽平の二人きりになった。達夫は陽平に、低い声で言った。

「許してやれ。それに、そろそろ教えてやったらどうだ？　星づくり」

陽平は目線を事務所机に据えたまま、答える。

「俺は教えるのは苦手です」

「星づくりは花火師の腕が試される大事な工程だ。師匠のお前が教えてやれ。それから、例のことも」

「例のこと？」

達夫は朝野一家のことを、長い歳月、その目で見てきた人物だ。一家の悲劇も、その後の苦難も知っている。

だからこそ、時に言いにくいこともあえて言ってくる。今、太陽が真剣に花火師になろうとしている。避けては通れないことが、ひとつだけあると……陽平自身も分かっていた。

「二十年前の、火事のことだよ」

やはりそのことか。

陽平は厳しい顔で、唇を引き結ぶ。机に置かれた手がかすかに震えていた。

雨が靴を履いて出かけようとしていると、雪乃が「忘れ物だよ」と玄関まで出てきた。手渡されたのは、雨粒のワッペンが縫われたハンカチだ。

「これ、わたしが小学生の頃のだ」

「よく分かったたね」

雨の持ち物の多くには、これと同じワッペンが縫われている。ハンカチだけでも数枚はある。仕上がりの差に歴然とした違いがあり、だいたい、いつの頃のものなのか一目で分かるのだ。

「縫い目がガタガタだから。ばあちゃんって料理も掃除も得意だけど、裁縫は苦手だったんだね。ちょっと意外」

　雪乃は穏やかな表情で笑う。

「人には得手不得手があるのよ」

「でもこのワッペンには助けられたな。就職試験のときも、ずっと、ぎゅーって握ってたし。わたしのお守り」

　レーヴの面接で、雨は雨粒のハンカチを握りしめ、言ったのだ。

『どこかの街角で、お母さんがわたしのスイーツを見つけて食べて、笑顔になってくれたら……わたしはうんと幸せです』

　雨はふと、雪乃に聞いてみたい気持ちにかられた。ずっと聞くのを避けてきた質問を。

「ねぇ、ばあちゃん？　お母さんって、今――」

　雪乃が困惑した顔をする。咄嗟に、困らせてはならないと思った。

「ううん、なんでもない。市役所行ってくるね。転入届を出しに。あ、でも、その前に」

　雨は笑った。

「食べ歩きしようかな！」

　長崎には、美味しいものがたくさんある。オシャレで雰囲気のある店も多いし、昔ながらの名店も数しれず。

その中でも、大浦天主堂近くの四海楼は、長崎ちゃんぽん発祥の店として、地元の人間にも大人気だ。雨はその日、まずはそのちゃんぽんを食べに行った。

濃厚なスープに長崎の海山の幸がたっぷり入ったちゃんぽんが、幼い頃から好きだった。初めて連れてきてもらった時、あまりの美味しさに一杯全部を平らげて、雪乃を驚かせたのもいい想い出だ。

本当はちゃんぽん以外にも、皿うどんや角煮炒めも美味しいのだが、胃袋の配分を考えて諦める。雨はちゃんぽんの安定の美味しさに舌鼓を打ってから、長崎新地中華街に足を向けた。

そこで、肉まんとちまきを食べ歩きする。

「うんうん、美味しい～」

時間を置かず、トルコライスとミルクセーキを堪能。向かいの席では、千秋が呆れている。

「それにしても、よく食べるわね」

雨は、辺りに人がいないことを確認してから答えた。

「決めたんです。味覚がなくなるなら、今のうちに食べたいものは全部食べようって」

千秋はなんとも言えない顔で、雨を見ている。

それでもお腹が限界になったので、雨はその後、長崎市役所の地域振興課へ行った。転

入届を無事に出して、帰ろうとしていたところ、

「雨さん」

と声がかかった。

キッチンカーが並ぶ広場には、椅子やテーブルが置かれている。雨は声をかけてきた望田司と、そこに腰をおろした。

「新生活はどう？　少しは落ち着いた？」

先日のこともあり、おそらく気を遣って声をかけてきてくれたのだ。仕事中なのに悪いことをした。

「なら、よかった。そうだ、いっこ訊いていい？」

「なんですか？」

「転入届出したので、だいたいは」

「パティシエ、本当に辞めちゃうの？」

雨は言いよどむ。あれからいろんなことが……とても大きなことがあったから。

「僕みたいに後悔しないようにね」

司はそんなことを言った。雨が問うように見つめると。

「こう見えて、昔プロのサッカー選手を目指していたんだ。でも高三のときに膝をやっち

やって」

司は穏やかな声で教えてくれる。

「そんな僕からのアドバイス。少しでも可能性があるならあがきなよ。未来に後悔を残すべきじゃない」

雨は思わず視線を下に落とす。数字が減る腕時計が、否応なく目に飛び込んでくる。司は知らない。雨が今、直視しなければならない現実を。

美味しいものをたくさん食べて、さっきまで身体がぽかぽかしていたのに……急に寒さを感じ、食べたものの味も、ぼやけて、よく思い出せなくなってしまった。

雨はポケットに手を入れ、祖母が持たせてくれたハンカチを、無意識のうちにぎゅっと握りしめた。

無心で事務所の掃除を続けている太陽のもとに、市役所から戻ってきた春陽が、やけに同情的な眼差しで近づいてきた。

「それでも地球は回っている」

「は？」

「さっき市役所で雨ちゃんを見かけたの。イケメン職員と仲良くおしゃべりしてた」

太陽は、分かりやすく動揺する。

「お、おしゃべり？　ただの友達だろ」

そう言いながら、頭の中でいろいろな想像をする。いったい誰と話していたのだろうか。

「何余裕ぶってんのよ。いい？　市役所の連中はモンスター市民を相手にしているから、基本聞き上手なの。安定〝イケメン〟聞き上手に、金無し・陰キャの花火師見習いが敵うわけないでしょうが」

妹の容赦のない指摘に太陽はさらにうろたえ、言葉を失う。

「ったく。雨ちゃんは、おにいのマカロンなんでしょ？」

過去が再び、蘇った。


雨も、あの日のことははっきりと憶えている。

太陽に電話に付き合ってくれるようにお願いしたくせに、雨は先に寝てしまっていた。気づいたら朝で、出発の日だった。太陽との約束通り、鍋冠山公園の展望台に向かった。

鍋冠山は稲佐山の対岸に位置し、標高は一六九メートルほど。展望台からの眺望がよく、長崎港はもちろん、女神大橋、稲佐山まで広く見渡せる。雨と太陽は、よくここで待ち合わせをしたり、散策に来たりしていた。

夜景もすばらしい場所だが、朝靄にかすむ街の風景もなかなか風情があって素敵だ。先に着いた雨がひとり、景色を眺めていると。

しまったのだから。

申し訳ないのは雨の方だ。太陽は今日一日、仕事があるのに、雨の不安に付き合わせて

「ごめん！　寝坊しちゃった！」

仕事前の太陽が、作業着姿で、手を振って走ってきた。

「雨ちゃん！」

「ううん。こっちこそ、これから仕事なのに、ごめんね」

「全然！　はいこれ、約束のマカロン！」

太陽は小さな箱を雨に渡してきた。開いてみると、そこにはカラフルなマカロンたちが、宝石のように綺麗におさめられている。

「美味しそう」

「電話で話したマカロンのお菓子言葉なんだけどさ――」

太陽が、やけに真剣な顔で話し出す。雨も思わず居住まいを正した。しかし、

「やば、忘れちゃった……」

なぜか恥ずかしそうにつぶやき、それから苦笑する。

「あ、でもこのマカロン食べたら合格間違いなし！　俺が保証する！」

「へんなの」

雨がくすりと笑うと、太陽はマカロンをひとつ取り、

「雨ちゃんの面接大成功を願って」

などと言い出した。雨も慌ててひとつ手に取り、調子を合わせる。

「願って」

朝日が二つのマカロンを優しく染める。二人は、同時にマカロンを齧（かじ）った。

「甘くて美味しい」

雨が笑うと、太陽も嬉しそうに頷（うなず）いた。

「美味しいね」

「ありがとう、太陽君。頑張れそうな気がするよ」

太陽と別れ、空港に着いてからも、雨は気になっていた。太陽の様子、やっぱり少しおかしかったのでは？　本当は、何か言いたいことがあったんじゃないだろうか？

公衆電話で雪乃に連絡した。

「搭乗手続き終わったよ。ハンカチ？　うん、持った」

「今日もそのワッペンがあんたを守ってくれるよ」

「頑張る。あ、いっこ調べてほしいことがあるの」

雪乃はスマホを使いこなしている。雨よりよほど調べ物が得意だ。

「マカロンのお菓子言葉、何かなぁ」

「お菓子言葉？　待っててごらん」

雨は受話器のコードを弄(もてあそ)びながら待つ。ひどく落ち着かない気分だった。

「あったよ。マカロンのお菓子言葉」

「教えて」

「あなたは――」

ロビーのアナウンスや人々の声が響く中。雪乃の言葉は、はっきりと雨の耳に届いた。

受話器を置いた雨は俯(うつむ)き、しばらくその場から動けなかった。

4

あの日から、マカロンは雨にとって特別なお菓子になった。

市役所を後にした雨は、当時のことを思い出しながら、市内の有名なパティスリーに足を運んだ。

ガラスのショーケースには、色とりどりのマカロンが並んでいる。まさに、あの日、太陽がくれたのもここのマカロンだった。

懐かしさからいくつか注文した。店員が箱に綺麗におさめてくれた。受け取る時、

「もしよかったら。今週土曜日開催です」

とチラシも手渡される。『長崎スイーツマルシェ』の案内だった。何気なく目を走らせた雨は、参加者のところを読み、動揺し、マカロンの入った箱を落としてしまった。チラシを持つ手が震える。そこには、ゲスト『田島守』とあった。

『君はもう、うちには必要ないよ』

箱から飛び出した色とりどりのマカロンが、床に落ちて、散らばってしまった——。なんてこと、と雨は苦しくなる。マカロンには素敵なお菓子言葉があるのに。小さなお菓子だけれど、たったひとつで、人を勇気づけることができる特別なお菓子なのに。

雨は震える手で、急いで、散らばったマカロンを拾い集めた。

今までの雨だったら、逃げ出して、見なかったことにしたかもしれない。

でも太陽との約束や、刻一刻と減ってゆく腕時計の示す数字が、雨の背中を押した。

タイムリミットまであとたった、一日と十九時間だ。

思い悩んでいる暇などない。

その週末。雨は意を決し、『長崎スイーツマルシェ』の会場を訪れた。出島メッセ長崎で行われているのだ。

　ホール内には、いくつもの有名店が出店している。多くの人が訪れ盛況である。その中を歩いていると、

「田島さん！　サインください！」

　と若い女性の甲高い声が聞こえた。目を向けると、たくさんの女性に囲まれた田島の姿が確認できた。

　ああ、変わらないな。

　純白の長袖のコックコートが、すらりとした身体をよりスマートに見せている。シックな黒のハンチング帽に、揃いのエプロンとコックタイ。レーヴの制服だ。

　田島の年齢はまだ確か五十代前半。柔和な笑みをたたえながら、目には鋭い光がある。スイーツ業界の革命児とも呼ばれ、国内外に根強いファンが多くいる彼は、レーヴの創業者であり、雨が唯一師事したカリスマ菓子職人だ。

　今、雨は勇気を出して、一歩を踏み出す。

　田島は、やってきた雨に気づいた様子だ。雨は硬い表情で、深々と頭を下げた。

　出島にかかる橋の上で、田島と並び、話をした。

　雨は思い切って言った。

「田島さんに謝りたくて来ました」

「謝る？」

「ちゃんと挨拶もせずに逃げるように辞めてしまったので」

ずっとそのことが気がかりだった。結果はともかく、雨は目の前のこの人に憧れて、憧れて、本当にたくさんのことを教えてもらったのに。

「……過去にけじめをつけて、夢を諦めようと思って」

田島は黙って目の前の景色を見ていたが、やがて帽子を取り、白髪交じりの髪をかきあげた。

「……確かに君はうちの店が求める水準には達しなかった。でも、パティシエとしての見込みはあったよ」

思いがけない言葉に、雨は驚き、目を見張る。

「前に一度、バレンタインデーにマカロンを作ってきたことがあったね？　あれはなかなか美味かった」

ここでも、マカロンの話が出るとは。雨は何か言わなければ、と思ったが、唇が震えるばかりだ。

田島は穏やかに続けた。

「磨けば立派なパティシエになる。そう思って、あえて厳しく接したんだが……辛い思いをさせてしまったね」

どうしてなの。

なぜ今、そんな言葉をくれるの。

「でも逢原君はまだ若い。時間だって十分ある。夢を諦めるのにはまだ早いと思うよ。いつでも連絡してきなさい」

田島は最後にそう言って帽子を被り直すと、去っていった。

雨は、崩れ落ちそうになるのを、あのハンカチを強く握りしめて耐えた。

レーヴの面接の時も、同じハンカチを握りしめて勇気をもらったのだ。

「わたしには、お母さんがいました」

田島と数人のパティシエの前に座る高校生の雨は、緊張の中、母の話をした。なぜパティシエになりたいか。どんなお菓子を作りたいのか。そんな質問に対する答えだった。

「母は毎日わたしのために一生懸命働いてくれていて……だから小学生のとき、ありがとうって伝えたくて、カップホットケーキを作ったんです。そしたら、すごく喜んでくれて……それが嬉しくて……。でも――」

本当のことを話すのは、正直、勇気がいることだった。それまで誰にも話したことがなかったから。

でも、憧れの店の、憧れの菓子職人である田島を前に、自分のすべてを伝える覚悟があった。

「母は、わたしを叩くようになりました」

面接会場が沈黙に包まれた。雨はまっすぐに顔をあげて続けた。

「それでも思っていました。いつかまた、わたしのスイーツでお母さんを幸せにしたい。笑顔にしたいって。だけどそんな日は来ませんでした……」

果物ナイフで切り裂かれたのは雨の身体ではなく、母娘関係だった。

「きっともう母に会うことはないと思います。生きているかどうかも分かりません。だから、わたしはこれから出逢う人達を幸せにします。でも、もし――」

一度、ハンカチに視線を落とし、再び顔をあげて、田島と他のパティシエたちを順番に見た。

「どこかの街角で、お母さんがわたしのスイーツを見つけて食べて、笑顔になってくれたら……わたしはうんと幸せです」

そう言って、あの日の雨は笑ったのだ。

決死の覚悟で挑んだ面接だった。雪乃の優しさや、太陽の優しさが、雨を応援してくれた。すべてをさらけだしたのが良かったのか、雨は面接に合格し、憧れの店で働けることになった。

それなのに、夢半ばで挫折し、帰ってきた。

太陽に再会し、再び勇気をもらって――今度こそ。次こそはと思ったのに。

司にしても、田島にしても。何も事情を知らず、雨に、夢を諦めるなと言う。

「今さらそんなこと言われても……遅すぎるよ……」

誰よりも雨自身が、諦めたくはないのに。

腕時計の数字は、『01:18:45:05』を示していた。

5

事故に遭ってから、何かが変わったような気がしていた。太陽は、その正体が定かではないまま、煙火工業で一番下っ端から修行し直している。すべては雨との約束のために。

この日、太陽はくたくたに疲れ切ってリビングのソファで本を眺めていた。するとテレビから、不穏なニュースが流れてきた。

「今日未明、福岡市内の花火工場で火災が発生しました」

同じ様にソファでくつろいでいた春陽が、いち早く反応する。

「あ、これ、田所煙火じゃん。うわぁ～チョー燃えてる」

当然、太陽もテレビに注目した。モルタル造りの小屋が燃えている。すると、燃え盛る炎の映像が、脳裏に強く突き刺さってきた。

と同時に、閃く映像があった。

幼い自分の手が、星に手を伸ばしている……ああ、あそこは、見慣れたてん薬仕込室だ。


バサリと、音を立てて本が床に落ちた。太陽は目を瞬く。春陽が言った。

「てか、うちの火事って考えたら不思議だよね」

ニュース画面は切り替わっていたが、春陽は考え込むような顔をしている。

「おとうが静電気の除去をし忘れて起こったんだよね？　でもあの花火バカがそんな大事なこと忘れるかなぁ」

「……確かに」

「しかもお母さんの写真、全部燃やすなんて変じゃない？　顔を見るのが辛いからってやり過ぎっしょ。おかげでこちとら、母親の顔すら分からないわけだし」

妹が言うことはいちいちもっともだ。しかし、それよりも、太陽は、先程フラッシュバックした映像の方が気になっていた。

俺は何か、重大なことを忘れているんじゃないか？　二十年以上も昔の、工場の火事のことで。何かに衝き動かされるように……太陽は、当時の事故状況を詳しく調べることにした。

真相は、あっけなく判明した。なぜもっと早く疑問を持ち、行動しなかったのか。市立図書館で当時の新聞を調べたら、詳細が掲載されていたのだ。

そこからは、機械的に行動した。少しでも立ち止まると、叫びだしそうだったからだ。地方紙の記事をコピーし、工場にいる父親のもとへ向かった。

顔面蒼白で事務所に入ってゆくと、皆が、何事かといった顔を向けてくる。

「もぉ、遅い！　仕事さぼってどこほっつき歩いてたの？」

春陽が呆れた様子で言ったが、太陽は構わず、まっすぐに父親のもとへ行った。怪訝そうに顔をあげた陽平に。

「俺が母さんを殺したの？」

開口一番訊ねると、陽平の顔色が変わる。

「あの火事、俺が起こしたんだろ？」

「なんだ、藪から棒に……」

陽平は分かりやすい。そんなところも自分は父親に似たのかもしれない。父親の表情から、答えはもう分かっていた。太陽は地方紙のコピーを父に向けた。

二〇〇〇年十二月二十六日の朝刊記事だ。

「図書館で調べたんだ」

見出しには、『長崎市・朝野煙火工業で火災』の文字。『亡くなったのは従業員の朝野明日香さん』、『子供の火遊びが原因とみられる』とある。

「正直に言ってよ」

陽平はなお否定しようとしてか、頭を振りかけた。しかし、離れた場所に立っていた達夫と束の間見つめ合って、それから、腹をくくった顔つきになると、言った。

「……そうだ。火事のきっかけはお前だ。あの日、俺たちはみんな出払っていてな……」

当時、太陽は五歳だった。記憶が細切れに戻ってくる。そうだ。あの日は、誰もいなくて……てん薬仕込室に向かって走っていって……静電気の放電をしないまま、中に入った。けたたましい爆発音は憶えている。目の前が炎に包まれたことも。その先は憶えていない。

「戻ってきた明日香は、お前を助けるために火の中に飛び込んだ。なんとか助け出したはいいが、一酸化炭素を大量に吸っちまってな。それで……」

「じゃあ、母さんの写真を燃やしたのは？」

「それは俺だ。明日香の顔を見るのが辛くて――」

なお苦し紛れに言葉を紡ぐ陽平に。横合いから、達夫がそっと口を挟んだ。

「もういいだろ、陽平。教えてやれ。親父の務めだ」

太陽は、じっと父親を見つめる。すべてを知る必要があるのだ。幼い日、自分は何をしでかして、父は何を隠したのか。

陽平は、やがて話しだした。

「目を覚ましたお前は事故のことを忘れていたよ。心が無意識に自分を守ったんだろうな。でも、明日香の写真を見ると過呼吸を起こすようになった。このままじゃ、きっとお前は一生苦しむ。だったら明日香のことは心から消した方がいい。そう思って——」

陽平は、何冊ものアルバムすべてに灯油をかけ、燃やしたのだという。達夫が言った。

「俺は止めたんだがな。何もそこまで……って。だが陽平は、おまえの親父は、明日香さんが残したお前たちのことは、何があっても守ると。どんな嘘をついてでも」

見える気がした。アルバムを燃やしている時、父がどんな顔をしていたのか。

涙が太陽の頰にこぼれ落ちる。

「全部、俺のせいだったんだ……」

陽平は辛そうに唇を引き結んでいる。

「春陽が母さんの顔を知らないのも全部……」

「おにい……」

膝から力が抜け、太陽はその場に泣き崩れた。そのまま土下座をして、頭を床につける。

「二人ともごめんなさい……本当にごめんなさい……」

何も知らず、今日まで能天気に生きてきた自分が許せなかった。何が夢だ。自分だけの花火だ。そもそも自分には、そんな資格すらなかったというのに。太陽は顔をあげることもできず、泣き続けた。

勇気を振り絞って田島に会った雨は、その後、夜になっても帰宅する気分にならず、眼鏡橋の上に佇んでいた。

ぼんやりと、減り続ける腕時計の数字を眺める。今の自分にできることは、もうないのかもしれない。もっともっと、食べておきたいものがあるような気がしていたが、それもむなしい行為に思えてくる。このまま静かに、味覚が失われるのを待つしかない。

ふと、スマホが鳴った。春陽からの着信だった。先日、太陽が入院した病院で春陽と会い、その時に連絡先を交換したのだ。

「春陽ちゃん？」

スマホを耳に押し当てると、切羽詰まったような彼女の声が聞こえてきた。

「もしもし！　今おにいと一緒⁉」

6

雨は走った。路面電車と並走するように、夜の長崎の街を。頭の中では繰り返し、春陽の言葉を思い浮かべていた。

「お母さんの火事の原因、おにいだったの」

人混みの中に太陽の姿を捜す。似た人を見て、走り寄って、違うと分かる。何度も太陽に電話をかけているのに、応答はない。

「それでショックを受けて出ていっちゃって……」

夜の十時。息が切れて、それでも雨は走った。今夜、どうしても話をしなければならない。太陽が今、どんな気持ちでいるかを考えたら、立ち止まることなどできなかった。

祈るような気持ちで、幾度目かの電話をかける——と、繋がった。

「もしもし太陽君⁉ 今どこ⁉ わたし、春陽ちゃんから全部聞いて！ それで！」

雨とは対照的に、スマホから聞こえてくる太陽の声は静かだった。

「ごめん……あの約束、叶えられそうにないや」

「え？」

「俺、花火を作る資格なんてないんだ。だから——」

ごめん、雨ちゃん。最後に小さな声で言って、電話は切れた。

雨は振り返った。鞄を肩に掛け直すと、目的の場所に向けて再び走り出した。

現存する国内最古の教会とされる大浦天主堂に行くには、天主堂前の広場から長い石段を上る必要がある。

　思った通り、太陽の姿は、その石段の途中にあった。ひとりで座っていたようだ。

「太陽君！」

　雨が名前を呼ぶと、太陽は驚いた様子で、階段から立ち上がる。

「どうして……」

「賛美歌(さんびか)が聞こえて。ここかもって思って……」

　天主堂からは、まだ賛美歌が聞こえてきている。天からの報せのように、雨に太陽の居場所を教えてくれた。

　太陽はひどく気まずそうな顔をしている。彼のあんな表情は、初めて見る。

「雨ちゃん……さっき電話で言ったけど――」

「どうでもいいじゃない」

　雨は強い言葉で遮(さえぎ)った。言葉を呑(の)み込んだような太陽に向かって、さらに。

「資格なんてどうでも。それより大事なものを太陽君は持ってるでしょ……なのに……それなのに……」

　雨の手元では、腕時計の数字が、雨の時間が、確実に減っている――。

　悲鳴のように、雨は叫んだ。

「どうしてもっと頑張らないのよ！　自分の作ったもので、たくさんの人を幸せにしたいって思ったんでしょ⁉」

そうだ。太陽は、十年も前に言っていたではないか。

『いつかたくさんの人を幸せにするような、そんな花火を作ってねって、言われたんだ。それが母さんとの唯一の想い出。その約束、叶えたいんだ』

太陽は、悲しい事故の経緯を忘れていたかもしれない。でも彼は、もっとも大切な約束は忘れなかったのだ。

「だったら……」

言葉が詰まる。雨にもあった。母との、約束ではないけれど、自分なりに大切にしていた決め事が。

『どこかの街角で、お母さんがわたしのスイーツを見つけて食べて、笑顔になってくれたら……わたしはうんと幸せです』

同じではないか。太陽も、雨も、自分以外の誰かを笑顔にしたかったのだ。幸せにしたかったのだ。それなのに。

「だったら、どうして簡単に挫けるのよ‼」

太陽は言葉を失った様子で、ただ、目を見開いて雨を見ている。こんなふうに雨が激高するのは、初めてのことだ。

「許さないから」

　雨はなお、苛烈な瞳で太陽を睨み据えた。

「今度挫けたら、わたし、太陽君のこと絶対に許さない」

「……雨ちゃん」

「わたしは逃げない。逃げずに最後まであがく。だから、お願い。太陽君も逃げないで……」

　太陽は瞬きもせず、雨の眼差しと、言葉を受け止めていた。

7

　太陽が再び花火師を目指すには、母親の死の経緯を乗り越えなければならないのだろう。同じように、雨もまた、母という存在と対峙しなければならない。

　そうだとしたら、取るべき行動はひとつだった。

　翌、一月十四日。晴れ渡った冬の空が、車窓越しに見える。車を運転しているのは、司だ。そこに雨と雪乃、仕事が休みだという太陽も乗車している。

　雨は雪乃に頼んだのだ。母親の居場所を教えてと。そして太陽に付き添いを、司には車を出してもらえるように頼んだ。

　司に紹介すると、太陽にしてはめずらしく、微妙な表情を浮かべていた。

知り合って間もない司にこんな頼みごとをするなんて気が引けたが、彼にはこう伝えた。

「あがいてみようと思って。未来に後悔を残さないように」

快く車出しを引き受けてくれた司は、不思議そうな顔をしていた。雨の表情に鬼気迫るものを感じたのだろうか。

車中で、腕時計をそっと見る。数字は残り二十四時間を切っている。


車は、とある施設の駐車場に入った。全員で降りて、雪乃の先導で歩き出す。

「ねぇ、雨……ばあちゃんに初めて電話してきたときのこと憶えてる？」

隣に並んだ雪乃がそっと聞いた。

もちろん憶えている。霞美が果物ナイフを雨に突きつけてきて……あんたなんていらない、必要ないと言われた。母が家を飛び出していったあと、床に転がっていた携帯電話から、祖母に助けを求めたのだ。

「あのとき、霞美からも電話があったの」

雨は驚き、祖母を見た。

「お母さんから？」

「あの子、泣きながらわたしに言ったわ。『とんでもないことをしちゃった。このままじゃ雨を殺しちゃう。お願い、わたしからあの子を助けて』って。だから――」

雪乃は立ち止まった。一同も、その建物を見上げる。

「わたしはあんたを引き取って、霞美をここに入れたの」

そこは病院だった。「佐世保こころの病院」とある。

「あれから十八年、あの子は入退院を繰り返しながらここで治療しているの。いつか、雨に許してもらうことを夢見て……」

中庭に続く道を歩いていき、雪乃が立ち止まる。視線の先のベンチに、一人の女性がいた。

雨は息を呑んだ。十八年。その歳月を一気に遡る。

ああ、あれは母だ。母が、あそこにいる。

「あのハンカチ、持ってる？」

雪乃に問われ、雨はポケットから雨粒のワッペンがついたハンカチを取り出した。

「そのワッペンね。霞美が縫ったものなの」

雨は驚き、手の中のハンカチを見下ろす。何事にも器用な祖母にしては、縫い目が粗いと思ったハンカチを。

「十八年前、わたしはあの子に言ったわ。どんなに不格好でもいい。時間がかかってもいい。雨の服に、持ち物に、ひとつひとつ心を込めてこれを縫いなさいって。雨が自分を好きになれるように。幸せにいられるようにって願いながら……」

雨だけではない。傍らに立つ太陽と司も、ただ、黙って雪乃の言葉に耳を傾ける。

「最初はうんと下手で縫い目もガタガタだったよね。でもちょっとずつ、上手になったと思わない？」

気づけば雪乃は涙ぐんでいる。雨もこみ上げる思いに目頭が熱くなった。

「あの子、頑張ったの。家事なんてなんにもできなかったのに、それでも一生懸命、挫けずにがんばったの。霞美があんたにしたことは、簡単に許されることじゃない。親が怒りに任せて子供を叩くなんて、絶対にダメ。でもね、それでも思うの。許されない罪はないって……」

傍らに立つ太陽が、身じろぎした。雨はただただ、ハンカチを握りしめる。

「だから、雨……いつかはあのバカな母親を……わたしの娘を……どうか許してあげてほしいの……」

許すとか、許さないとか。雨は母のことを、そんな風に考えたことはなかった。恨みよりも、憎しみよりも。ただただ、悲しくて、苦しくて、寂しかった。

しかしその寂しさは、祖母が埋めてくれた。雨は成長し、太陽に出会い……そして、再び大切なものを失おうとしている。もう幼い子供ではないが、子供のように途方に暮れてしまう。雨はただ、離れた場所に座る母を、言葉もなく見つめていた。

母に会う覚悟は決めてきたのに、医者に、まだやめておいた方がいい、と止められた。雨は、小さな箱を雪乃に託し、司や太陽とともに、佐世保市の石岳展望台園地にやってきた。

ここは西海国立公園の中にあり、佐世保独自の九十九島八景のひとつとして、その景観が有名な場所だ。大小の島が海に浮かぶ様子は、確かに見事だ。しかし今の雨は、目の前に広がる絶景に感動する余裕はなく、自分の胸に去来するさまざまな感情を整理することで精一杯だった。

太陽と司も黙り込んでいる。

海から渡ってきた潮風が、雨の髪を乱したが、心の中はそれ以上に千々に乱れている。久しぶりに見た母の横顔が脳裏に焼き付いていた。

確かに歳は取ったが、なお、母は美しかった――。ただ、もちろん、幸せそうではなかった。ぼんやりと遠くを見る瞳は、過去を見ていたのだろうか。

と、スマホが鳴る。雪乃からだ。雨は太陽に言った。

「多分お母さんからだと思う。でも、ちょっと怖くて……」

太陽が頷いてくれる。その顔を見て、少し落ち着きを取り戻した。雨は彼に促され、恐る恐る電話に出ると、スピーカーにした。

「雨……？」

久しぶりに聞く母の声。そのひとことで、雨は知った。怖いのは、母も同じなのだと。

「うん」

「マカロン、ありがとう」

雪乃から母に渡してもらったのは、マカロンだ。昨夜、一生懸命に作った。母のために、夕陽と同じオレンジ色のマカロンを。

「美味しかった」

雨は目を閉じる。

「すごくすごく、美味しかったよ」

閉じた目から、涙が溢れる。

「お母さんの言った通りだったね。雨には、お菓子作りの才能があるのね」

何かを言いたいのに、唇が震え、何も言えずにいると。

「お母さんも頑張る。頑張るから……」

雪乃は伝えてくれただろうか。

マカロンのお菓子言葉。

『あなたは、特別な人』

何かに挑戦しようとしている特別な人に、頑張れって気持ちを込めて贈るもの。昔、東京に飛び立つ雨に、太陽が贈ってくれたお菓子。

「だから雨も、これからも、その力でたくさんの人を幸せにしてあげてね」

過去を見て、止まった時間の中で生きているようだった母が、未来のことを言ってくれている。かつて母は、幼かった雨に同じような言葉をくれた。昔も今も変わらない母の想いが、今、受話器越しに流れ込んでくる。

雨は太陽と見つめ合う。彼も霞美の言葉に、感じるものがあったのだろう。同じ様に目を潤ませている。

「今日は、来てくれてありがとう……」

電話を切った。雨は視線を落とし、否応なく目に飛び込んでくる数字を確認する。

タイムリミットまで、あと十五時間——。

母が、霞美が、認めてくれた雨の唯一の才能は、もうすぐ失われる。

朝野煙火工業では、陽平がひとり、作業員たちの帰宅後も考え込んでいた。

先日、すべてを知った太陽が飛び出していってから……娘の春陽に、言われたのだ。

「ねえ、おとう……おとうの務めは、わたしたちに事実を教えることじゃないと思う」

「じゃあなんだ？」

「花火を教えることだよ」

真っ直ぐな眼差しだった。普段は仕事と同じように遊びも一生懸命、愛嬌がよくお調子者に思われがちだが、陽平は知っていた。春陽は誰よりも家族を大切に思っている。そしていつも、兄や父親のことを心配し、辛い時ほど、明るく振る舞ってくれているのだ。

小さかった娘は、大人びた顔つきで父親を見据え、言った。

「お母さんが命懸けで助けたあのバカを、立派な花火師にすること。それが、おとうがやらなければならないことだよ」

その言葉は、深く陽平の心に染みた。本当にその通りだ。子供は日々、成長してゆく。春陽だけではない。太陽も、もう、真実を隠すことで守らなければならない年齢ではないのだ。一人前の男であり、一人前の花火師を目指す資格がある。

そんなことを考えていると、太陽が、神妙な顔をして事務所に入ってきた。

「……父さん。俺に星づくりを教えてください」

陽平は、眩しいものを見るように太陽を見た。

「母さんとの約束、叶えたいんだ」

「……だったら、ひとつ条件がある」

太陽は顎を引いた。なかなかいい面構えだ。

「花火作りは執念だ。何がなんでも良い花火を作ってやる。毎日そう思いながら星を作る。でも簡単にはたどり着けない。躓いてばかりだ。だから――」

陽平は、息子に真剣な眼差しを向けた。

「挫けるな。何があっても」

太陽は、しっかりとした顔つきで、強く頷いた。

「はい……！」

8

もう幾度、ここで太陽と待ち合わせをしただろう。翌早朝、鍋冠山公園の展望台で、雨は太陽を待っていた。

腕時計を見る。残り時間は、あと二分だ。

「雨ちゃん！」

太陽が手を振って走ってきた。

「ごめん！　寝坊しちゃった！」

あの時と同じだな。でも状況は、あの時とはまったく違っている。それでも雨は、すべてが懐かしく感じ、ふっと微笑んだ。

「突然ごめんね。どうしても渡したいものがあって」

と、小さな箱を彼に差し出す。

「マカロン。太陽君にも」

「ほんとに⁉　嬉しいよ！」

太陽は顔を輝かせて、箱を受け取ってくれた。腕時計の数字が、一分を切る。

「食べてみて。これがわたしの、人生最後の最高傑作」

昨夜、あの後、かつてないくらいに真剣にお菓子を作った。ひとつひとつの工程を丁寧に、愛しむように。

「人生最後の？」

きょとんした顔の太陽に、雨は微笑み、首を振る。太陽は、箱の中からマカロンを出した。

オレンジ色の綺麗なマカロンを。そっと齧って、彼は言った。

「うん！　美味しい！」

「よかった……」

「あ、ひとつ食べない？」

太陽が箱をこちらに向ける。

「でも今、手、汚れてるから」

「……じゃあ、もし嫌じゃなかったら」

太陽はマカロンをひとつ摘んで、こちらに向けた。そうか、と数日前の答え合わせができる。あの時もやっぱり、こうして手で食べさせてくれようとしたのかもしれない。

太陽君は、そういう人。

優しくて、温かな、おひさまみたいな人だから。

腕時計の数字が残り十五秒を切った。

雨は薄く微笑み、頷く。それを合図に、太陽がマカロンを雨の口に運ぶ。

眩しい朝日が、オレンジ色のマカロンをより鮮やかに映し出す。雨は口づけするように、そっと口を寄せた。

腕時計が五秒を切った――。

雨にとってマカロンは、大切な想い出。あの日、長崎空港のロビーで、受話器越しに雪乃から、マカロンのお菓子言葉を教えてもらった。

あなたは――特別な人。

驚きつつも、嬉しくて、恥ずかしくて、そしてやっぱり、とてもとても嬉しかった。

マカロンは特別な人がくれた、特別な味がするお菓子。一口食べれば、いつも、いつでも、恋と夢の味が……。

腕時計の数字が今――ゼロになる。

雨はマカロンを齧った。

一筋の涙が、こぼれ落ちて頬を伝う。

「雨ちゃん？　どうしたの……？」

太陽が心配している。

「思ったの。甘くて美味しいなぁって……」

その拍子に、涙がまたこぼれた。

「自画自賛して泣いちゃったよ」

今はもう、何も感じない……。

　　　　　　　　

それは、そうだろう。雨は泣きながら、精一杯に笑う。

手を振って去ってゆく太陽に、雨も手を振り返した。父親に頭を下げ、再び花火を作り始めるという。雨は、心の底から、良かったと安堵した。同時に、小さくなってゆく太陽の背が、眩しくて、自分の手の届かないところへ行ってしまうような寂しさに包まれる。

彼の姿はあっという間に見えなくなった。

「さっき、なんの味もしなかったとき、思ったんです」

雨は静かな涙をこぼしながら、隣に立つ千秋に言った。

「わたしの夢は終わっちゃったんだなあって」

言葉にして、さらにこの事実が残酷な重みを増した気がした。

「もっと頑張ればよかった」

涙が、次から次に流れてくる。

「あと一時間、ううん、三十分でもいいから、寝るの我慢して勉強すればよかった……動画見たり、スマホ触ってる時間があるなら、もっと必死に……もっと精一杯」

こぼれ落ちた涙が朝日に染まる。

「必要ないって言われても、頑張ればよかった……それなのに……どうして……どうしてあの時」

顔を歪めて、雨は嗚咽を漏らす。

「どうして、簡単に挫けちゃったんだろう」

千秋は何も言わず、ただ、泣き続ける雨を見つめている。

何かがおかしい。雨と別れた太陽は、坂道を下りながら、違和感の正体を見極めようとしていた。

雨が、悲しそうだった。笑ってはいたけれど、ごまかそうとしていたけれど、雨は確かに悲しんでいた。

考えろ、考えろと、自分の頭の中で声がする。自分はまたしても、何か大切なことを忘れて……いや、見落としているんじゃないか？

母の死の経緯を忘れていたように。

振り返る。雨の姿はもう見えない。でももしかしたら、まだひとりで、泣いているんじゃないか──太陽は迷わず、踵を返した。

千秋は雨を残し、ひとり、展望台を下りてきた。そこには日下がいた。千秋の表情を見て、そっと静かな口調で言う。

「人は後悔と共に生きています。何かに失敗するたび思うんです。もっと頑張ればよかったと。でも、だんだんと後悔すらしなくなる。人生を諦めてゆく。彼女もじきにすべてを諦めますよ」

分かっている。日下はこれまで、そういった人間を数多く見てきたのだ。案内人としては、千秋よりもずっと長くこの仕事に携わっているから。

でも千秋は、日下のように達観し、客観的に雨を見ることはできなかった。

それには明確な、ある理由がある。

「でも、わたしは──」

一言でも反論しようとしたそのとき。千秋は驚き、言葉を呑み込んだ。視線の先に、息を切らせた太陽が立っていたからだ。

彼の目に、千秋と日下は映っているはずだ。

しかし、太陽は何かに焦っている様子で、急ぎ足でふたりのそばを通り過ぎていく。千秋はほっとして、息を吐いた。しかし。

「あの……」

太陽が立ち止まり、こちらを振り返る。

「確か前に、病院の屋上で……」

憶えていたのか。太陽は千秋を見つめ、さらに言った。

「あなたたちって、もしかして──」

第三話　初恋の想い出

1

雨と太陽とは、別に付き合っていたわけではない。でも高校生当時は、友達と恋人の境目が、自分でもよく分かっていなかったと思う。

だから、雪乃に、太陽と手は繋いだのか、と訊かれた時、雨は焦ってしまった。

「まったく、あんたたちウブねぇ～。彼、あと一ヶ月ちょいで卒業でしょ？　手くらい繋いで想い出作れば？」

雪乃とは、大抵のことは話せる関係だった。でもそういうことは、放っといてほしい、と雨は思ったのだった。

長崎ランタンフェスティバルは、冬の長崎を彩る光の祭典だ。新地中華街が発祥の春節（旧正月）を祝うお祭りで、湊公園を中心に、周辺一帯で一万五千個ものランタンが灯される。

中でも大浦町にある孔子廟では、中国の楽器演奏やショーも開催され、普段よりいっそう賑やかになる。その近くの夜道を、雨は太陽と並んで歩いていた。

二〇一四年の一月──。

下校途中に立ち寄ったから、ふたりとも制服姿だ。太陽はあと少しで卒業になる。ランタンフェスティバルの準備は着々と進んでいて、すでに眩いほどの数のランタンが吊るされていたが、雨はランタンではなく、太陽の手に意識を奪われてしまっていた。

まったく。雪乃が変なことを言い出すから。

「雨ちゃん。うちの学校でもランタン祭りやるけど……？　実行委員一緒にやらない？」

突然、太陽がそんなことを提案した。

「どうしてわたしも？」

「想い出だよ。俺、もうすぐ卒業だからさ。今のうちに雨ちゃんと想い出いっぱい作りたくて」

想い出──卒業。またしても雪乃の言葉を思い出し、雨はドキドキしていた。

「そ、そうですか……考えとく」

「うん。前向きに。あ、恋ランタンだ」

長崎孔子廟は、その名の通り孔子を祀る霊廟である。明治二十六年に、清国政府と在日華僑が協力して建立した、日本で唯一の本格的中国様式の霊廟らしい。極彩色の建物の奥には祈禱所があって、小さな赤い球体がいくつもぶら下がっている。球体の先の祈禱牌が風に揺れている様は、なかなか風情がある。フェスティバルの名物のひとつ『恋ランタン』だ。

「行ってみようよ!」

「うん!」

太陽に誘われ、ふたりで祈禱所まで行った。ランタンは赤い球体を金色の縁で覆う形で、祈禱牌に願いを書くと恋愛が成就すると言われている。

「ここに恋の願い事を書いて吊るすと叶うんだよね。俺たちも書いてみる?」

なんてことを言い出すんだ、と雨は動揺した。

「で、でも、どうせ叶わないよ……」

「そんなことないって。叶ったよ、小学生の頃」

あっけらかんと言われた言葉に、雨は眉を思い切り寄せた。

「……小学生の頃?」

「初恋の人と隣の席になれますように! とか子供っぽいことだったけどね」

初恋。あーそう、へーえ、ふうん。それならわたしだって言わなくちゃ。

「あー、あったなぁ。わたしも初恋の先生に褒められたいって思ったこと」

とたん、太陽が真顔になって、「先生……」と呟いた。

「なんか言った？」

「ううん、なんにも。どうする？　書いてみる？」

「いいかな。願い事、特にないし」

雨はあえてさっぱりとした口調で言い放ち、背を向けて先に歩き出したのだった。

その夜、雨は激しい自己嫌悪に陥った。ソファでひとり悶々としてため息をついていると、当然、雪乃に気づかれ、理由を訊かれた。

「しょうもない嘘ついたの。初恋、先生じゃないのに。悔しくて」

こういう時は、やっぱり、雪乃に話してしまう。雪乃は祖母であり、母であると同時に、親友でもあったから。この時も、一通りの話を聞き終えた雪乃は、穏やかに言った。

「なるほどね。初恋の人の初恋になれなかったことが悔しかったんだ」

「ち、違うよ」

いや、違わない。それは自分でも分かっている。

「でもね、雨。恋にとって大事なのは、最初の人になるかどうかじゃないわ」

「じゃあ何？　最後の人になること？」

「ううん。それはね――」

雪乃の言葉は、生涯忘れられないものとなった。

その夜、雨はもう一度孔子廟まで行った。赤く輝くランタンが、いくつも、どこまでも続く美しい道の中を、ひとりで走った。

どうか間に合いますように、と願いながら走って、孔子廟が閉まる直前に滑り込むことができた。

「あの！　恋ランタン、ひとつください！」

どうにかランタンを手に入れて、雨は、祈禱牌に願い事を書いた。それを祈禱所の隅っこにそっと吊るす。ランタンは優しく笑うように風に揺れて輝きを増した。

いつかこの願いが叶ったら、わたしはうんと幸せだ、と思えた。

雨の願い。雪乃がくれた言葉そのままに。

「好きな人の、最愛の人になれますように」

2

あれから十年になろうというのに、雨はまだ、太陽と手を繋いでいない。

正直、今はそれどころではない。雨は味覚を失い、日々の雪乃との夕食時間も、気を張っている。味覚がないため、どうしても箸(はし)が進まないのだが、雪乃を心配させたくない。

そんな雨に、雪乃が言った。

「お正月休み、そろそろ終わらせてくれると嬉しいんだけど？」

雨は無理に食べたものが、胸につかえ、急いでお茶を飲んだ。

「仕事、どうするつもり？」

もちろん、祖母としては非常に気になるところだろう。優しく諭すように続ける。

「健康な心と身体があるんだから、ちゃんと働きなさい。若い頃の一日は、ばあちゃんみたいな年寄りの一年以上の価値があるのよ。時間を無駄にしたら勿体ないわ」

「無駄になんかしてないよ！」

思わず強く反論してしまい、雨はしまった、とすぐに後悔した。

「ごめんなさい……」

雪乃は肩をすくめ、優しく笑う。

「ばあちゃんこそごめん。まぁ、ゆっくり考えましょ。雨にはまだまだ時間があるから。お茶、淹れようかしらね」

雪乃が台所に立ち、雨はそっと腕時計を見下ろす。現在はカウントダウンしておらず、すべてがゼロの表示になっている。

時間はない。無駄にできるほどの時間は。しかしそれを雪乃に伝えることはできない。

「おばあさんにも五感のこと、話さないつもり？」

夜、ベッドに腰かけている雨に声がかかった。その声が千秋であることは分かる。

「奇跡のことは、太陽君以外に言ってはダメ。だけど、五感を失いつつあることは、誰かに話しても構わないのよ」

雨は嘆息した。

「言えませんよ。お母さんが治療中なのに、その上、孫まで五感を失うなんて。ばあちゃんが可哀想で……」

ずっと心配ばかりかけてきた。今の雨の現状を伝えるくらいなら、怠け者の孫と思われているほうがマシだ。

「できるところまでは一人で耐えます。メンタルあんまり強くないけど、まだまだ頑張れると思うから。しつこいようだけど、太陽君に見られないでくださいね？」

もっとも重要なことを念押しすると、背後で明らかに息を呑んだ気配があった。

雨は振り向き、そこに立つ千秋をにらむ。

「なんですか、今のリアクション」

「そのことなんだけど……実は」

昨日、展望台で、太陽に声をかけられたのだ、と千秋は言った。雨は狼狽した。

「ま、また見られたんですか」

「はい、でも安心して。正体はバレてないわ。彼、意外と天然で助かったの」

太陽は千秋と日下に訊いたらしい。もしかして葬儀屋さんですか、と。

確かにふたりはそんな格好をしている。

それにしても、千秋は一見、しっかりしているのに、案外ドジだ。ヒヤヒヤさせられるが、人間味があるとも言える。ドジを踏むだけではなく、時折、雨のことがとても心配だと言わんばかりの顔もする。

「太陽君、あなたのこと、心配してたわ。だから戻ってきたのよ」

雨としては、上手く切り抜けたつもりだった。太陽といる時に、味覚が失われてしまったのを、耐えて、彼が去ってから思い切り泣いた。でももしかしたら、太陽は違和感を抱いて、それで戻ってきたのかもしれない。もっとも雨はすぐにあの場を後にしたから、すれ違ったようだが。

「ねぇ、雨ちゃん。心って、すごく脆いの。だから支えは絶対に必要よ。特に、今のあなたには」

千秋の言葉に、雨が黙り込んでいると、

「そろそろ零時になります」

ふと低い声がして、日下が現れた。これには雨も驚き、身を縮めた。突然人の部屋に現れた彼に驚いたのではない。〝奇跡〟が再開されることに動揺したのだ。置き時計を見ると、あと一分で日付が変わろうとしていた。

「ひとつの五感が奪われると、翌日の深夜零時に次の感覚と、そのタイムリミットが表示されます。あなたに残された感覚はあと四つ。視覚、聴覚、嗅覚、そして触覚。次はそのいずれかが奪われます」

雨は腕時計の針を凝視した。目がひりついて、怖くなり、結局閉じてしまう。普段は意識しない秒針の音が、やけに大きく響く。そして、カチリとより硬質な音がした瞬間、思い切って目を開いた。

手元の腕時計を見る。

そこには鼻のマークと、『11:20:59:50』と数字が表示されていた。

日下が平坦な声で告げる。

「次に奪われるのは嗅覚です。今から十一日後の一月二十七日、午後九時――あなたは匂いを感じる力を失います」

雨は俯き、黙り込んでいた。心配した千秋が、そっと隣に立つ。

「雨ちゃん?」

「よかったぁ」

ふたりの案内人は、不思議そうに雨を見ている。雨は笑った。

「視覚とか聴覚だったらどうしようって、思ってたんです。生活に直結するし。だからちよっとホッとして」

日下がじっとそんな雨を見つめ、低い声で言う。

「随分余裕ですね。嗅覚はただ匂いを感じるだけのものではありません。そこにはもっと大切な意味があります」

「大切な意味……」

少しでも明るくいたいと思う雨の気持ちは、急激に萎んだ。日下はなおも言った。

「人に無駄な感覚はひとつとして存在しませんから」

雪乃を心配させないためにも、雨は働く必要がある。翌朝、さっそくハローワークに足を運んだ。しかし、なかなか条件に合う仕事は見つからない。ため息混じりに建物から出ると、隣に並ぶ千秋が言った。

「ダメだったね」

「まずは二週間だけ働きたい。その後は状況を見て決めたい……って、そんな仕事あるはずないですよね」

「少し休んだから？　朝から何も食べてないでしょ？」

「味覚がないのって、思ったよりもしんどくて。何を食べてもゴムみたいで気持ち悪くて」

さらに、日下に言われた言葉が忘れられない。

「千秋さん。日下さんが言ってたこと、どういう意味なんだろ。嗅覚の大切な意味って」

「考えすぎちゃダメよ。日下さんってなんでも意味深に話すから」

確かに、同じ案内人でもふたりは違う。千秋は分かりやすくて人間味があり、日下は得体が知れないところがある。でも彼が嘘を言うはずがないのだ。それだけは分かる。

またなくすのだろうか。夢のほかに、大切なものを。

「そうだ！　仕事なら、あの人を頼ってみたら！　あの望田さんって人。顔広そうじゃない？」

千秋が、雨を元気づけようとしてか、明るい声で提案した。

「司さん？　でも……」

何かと迷惑をかけているから、気が進まない。

でも、確かに背に腹は替えられない。雨はダメ元で彼に相談してみることにした。

電話をしてから昼休みの時間帯に彼を訪ねた。前と同じ様に市役所前広場のキッチンカーで飲み物と軽食を買い、テーブル席に腰を下ろす。

アルバイトを紹介してほしいと頼むと、司は二つ返事で引き受けてくれた。

「結婚式場なんてどう？」

「結婚式場？」

「明日、マリンガーデン長崎の式場スタッフが足りてないんだ。僕も参加する式なんだけど、担当が学生時代の友達でさ。笑顔が素敵な女性がいないかって、相談されてて」

その条件に、雨は尻込みをした。

「笑顔が素敵？　わたしなんかじゃ……」

「適任だと思うけどな。素敵だよ、雨ちゃんの笑顔」

司はおそらく、こんな風にさらりと人を褒めることができる人なのだ。一方で、雨は褒められることに慣れていない。太陽と出逢って自己肯定感の低さはマシになったはずだったが、東京での挫折はまだ尾を引いているし、五感が失われつつある今、ますます自分に自信がなくなっている。

どうしよう。頼んでおいて申し訳ないが、笑顔が素敵という条件なら、辞退した方がいいのか。

雨が逡巡していると、司がにやりと笑って言った。

「あ、条件だけど。急募ってことで時給は千五百円」

「せ、千五百円？」

結構良いバイトだ。

「勤務は午前十一時から夜の七時まで。どうかな？」

「やります！　やらせてください！」

今の自分にこれ以上に条件のいいアルバイトはないだろう。雨は二つ返事で引き受けたのだった。

その頃千秋は、市内の教会の礼拝堂で後方の席に日下と並んで腰掛けていた。

雨以上に、千秋も気になっていた。日下が言った言葉が。だから直接、彼に訊いた。

「嗅覚の大切な意味――あれ、どういうことなんですか？」

「心配ですか？　彼女のことが」

日下はすぐには答えてくれず、千秋が痛いところをついてきた。

「深入りすべきではありません。逢原雨が五感を失うその日まで、我々はただ見守るだけです」

分かっている。ただの傍観者に徹するのが、案内人として正しい態度だと。しかし、千秋は日下のようにはなれない。雨があまりに哀れで、可哀想で……。

「失われた時を求めて」

その言葉に、顔をあげると、日下が困ったように微笑んで言った。

「ヒントですよ」

3

太陽は春陽と共に、慶明大学付属長崎病院に来ていた。先日自分が運び込まれ、退院したばかりなのに、またここに来るとは思ってもいなかった。

「あーあ、なんでおとうの代わりに貴重な休日を返上しなきゃいけないのよ」

廊下を歩きながら、春陽がぶつぶつ言う。

妹が怒るのも無理はない。陽平が、今朝未明、腹部の激痛に襲われ、トイレの前で倒れた。慌てて病院に連れてきて、重篤な病かもと兄妹で肝を冷やしたのだが、結果は単なる便秘だった。いや、三ヶ月もまともに便が出ていなかったらしく、医療的処置が必要になるらしい。

そのため、来週まで入院する陽平の代わりに、春陽が会社の事務的な仕事を任されてしまったのだ。

「あーあ。ランタン祭りに行こうと思ったのになあ」

「ランタン祭り……」

そういえば、今年ももうそんな時期か。中国の春節の時期に合わせて毎年二週間程度開催されるランタン祭りだが、この十年、太陽には祭りを楽しむ余裕はなかった。ただひたすら、一人前の花火師になるための修行に明け暮れた。

雨と逢えなくなったことも大きい。

ランタン祭りは、太陽にとって、想い出深い行事のひとつだったから。

黙り込んだ太陽の心を読んだように、春陽が茶目っ気たっぷりに笑う。

「おにいの母校で毎年やってるじゃん。明日でしょ？　雨ちゃん誘って行ってくれば？」

太陽はすぐには答えられなかった。昨日の、雨の様子を思い出したからだ。マカロンを齧って、精一杯に笑って……でも泣いていた。

あれは本当に、どうしてだったんだろう。

急いで戻ったのに、雨はもういなかったから、確かめようがなかった。

「どうしたの？」

「いや……そうだな、誘ってみようかな」

「そうそう、積極的にね。ついでに告っておいでよ」

太陽は狼狽えた。

「告る？　いや、でもさ……」

ばん、と容赦のない力で、春陽が背中を叩いてくる。

「ウジウジしないの！　このウジ虫！」

「痛てぇなあ……」

「知らないよ？　トロトロして、市役所マンに奪われても」

あの人か、と太陽は苦々しい気持ちになる。昨日、雨の母親がいる病院まで彼の運転で行ったのだ。知り合ったばかりだと聞いたが、雨はずいぶんと心を許しているようだった。

「初恋が実って結婚までいける確率ってたったの１％なの。ほとんどの初恋はいつか想い出になっちゃうんだよ？」

妹の言葉に、太陽は目を見張った。初恋？

「おにいが初めて好きになったのは、雨ちゃんでしょ」

確かに、そうかもしれない。子供の頃の好きとは違う、もっと熱量があるのが……恋。

「おにいはまだ１％の可能性を持っている。雨ちゃんも戻ってきた。時は来た。それだけだ。by橋本真也(はしもとしんや)」

春陽は、時々本当にすごい。母のことで負い目がある太陽だったが、それがなくても、妹には敵(かな)わないと思う。春陽には生来備わった、勝負師にも似た度胸がある。

そんな妙な感心をしながら歩いていると、会計の窓口に見知った人物を見つけた。

「雪乃さん？」

雨の祖母、雪乃は、ハッとした様子で太陽を見て、とたんに気まずそうな顔になった。

「どうしたんですか？　こんなところで」

「ああ、友達のお見舞いに来て」

　すると例によって鋭い春陽がずばり訊く。

「お見舞い？　ならどうしてお会計？」

「変なこと言うなって。すみません、妹の春陽です」

　もちろん太陽は、余計な詮索などするつもりはなかった。しかし雪乃の方が、太陽を呼び止めたのだ。

「ねぇ、今ちょっと時間あるかしら？」


　病院近くの平和公園で、雪乃と太陽は並んでベンチに腰掛けた。春陽は少し離れて座っている。

　すると前置きも何もなく、雪乃が言った。

「わたし、もうすぐ死ぬの」

　太陽は絶句し、じっと雪乃を見る。彼女の横顔に悲壮感はなく、ただ何かしらの覚悟のようなものを感じた。

「脊椎にガンが見つかってね。もって半年って言われたわ」

「半年……」

「だけど、あれからもう一年。なかなかしぶといでしょ？」

　なんと答えたらいいか分からず、太陽は黙り込む。

「でも、近頃は痛みもどんどん増していて。仕事も続けられなくなっちゃった。きっともう永(なが)くないわ」

「雨ちゃんは知ってるんですか？」

　雪乃は静かに首を振る。

「心配なの。わたしがいなくなったあとの、雨と、霞美(かすみ)の人生が」

　雪乃の心情は分かる。太陽は知っている。雪乃が雨にとって、どういう存在か。

「歳(とし)を取るって嫌ね。子供たちのためにできることがどんどん減ってゆく。唯一出来ることがあるとすれば、二人の幸せを願うことだけ。でも、それももうすぐできなくなる」

　雪乃は悲しげな眼差(まなざ)しで正面を見ている。まつ毛が震えていた。しかし、意を決した様子で太陽の方を向いた。

「だから、あなたにお願いがあるの。受け取ってほしくて。雨の幸せを願う気持ちを」

　太陽は言葉もなく、鬼気迫る様子の雪乃を見つめ返す。

「幸せにしてあげてなんて欲張りは言わないわ。ただ願うだけでいい。この世界にたった一人でも自分の幸せを願ってくれる人がいる。それだけで、人生ってうんと幸せだから」

　雪乃は繰り返した。

「お願い。襷(たすき)リレーみたいで変だけど、わたしはあなたに受け取ってほしいの」

死を前にした雪乃の言葉は重く深い。太陽はすぐには答えられず、俯(うつむ)いてしまう。太陽が雨を想う気持ちは本物だったが、だからこそ安請け合いはできない。雨が大切だからこそ、自分にその力があるのかどうか。太陽は黙り込み、そのことを真剣に考えていた。

4

司の紹介でアルバイトが決まった雨は、足取りも軽く歩いていた。ふと、甘くいい匂いが鼻腔をくすぐり、視線を転じる。そこにはクレープを食べ歩くカップルがいた。

「良い匂い……」

雨は懐かしさに頬を緩めた。

クレープの甘い匂いは、雨に過去のことを思い出させた。高校時代、雨は太陽の提案を受け入れ、ランタン祭りの実行委員会に立候補した。各クラスの代表が集まる特別活動室には、雨のほか、太陽の姿もあった。

実行委員長が、当日の大まかな流れを説明している。昼に演劇部の公演があり、夜六時にランタンの点灯。地域の人々も入校が可能で、家庭科部が模擬店も出す。

雨が座る席の斜め後ろあたりで、ひそひそ声がした。

「おい、なんでザー子もいるんだよ」

「な、意味分かんねえ」

自分でも浮いている気がしていた雨は、いたたまれなくなって俯いていた。実行委員長が一同を見回して言った。

「では、今年の企画を決めたいと思います。アイデアある人、いませんか？」

教室はしんと静まり返る。雨はさっと左右を確認してから、おずおずと挙手した。

「い、一年の逢原です。企画なんですが、その……こ、恋ランタンをやるっていうのは、どうでしょう？」

心臓がばくばく音を立てている。数年分の勇気を一気に使ってしまった感じだ。想像はしていたが、教室はさらに静まり返ってしまい、雨は今すぐにここから逃げ去りたくなった。

「す、すみません、変なこと言って……」

しかし。

「面白そう！　いいじゃん、それ！」

まったく見知らぬ男子生徒が、そう声をあげた。女子生徒も続く。

「あり！　自分たちで恋ランタンを作ろうよ！」

その後も、教室のあちらこちらで賛同する声が続き、雨は驚きのあまり固まってしまった。すると、

「良いアイデアだよ、逢原さん」

と実行委員長も言ってくれた。雨は嬉しくて、自然に笑みが浮かんでいた。見ると、太陽も嬉しそうに笑っている。離れた場所から顔を見合わせて、二人は笑いあった。

その企画会議の帰り道で、クレープを買ったのだ。太陽とふたりで、寒い中、できたての甘いクレープを齧りながら歩いた。

「でもほんとすごいよ！　よく思いついたね！」

雨ははにかんで笑う。

「太陽君と恋ランタンを見たのが、心に残ってて。だから思い付けたの」

「俺との時間が役に立ったってこと？　尚更嬉しいよ――」

と太陽は雨の方を見て喜び、その拍子に通行人にぶつかってしまった。

「すみません……うわ、やっちった」

クレープが崩れ、通行人は無事だったが、太陽の制服が汚れてしまった。

「はしゃぎすぎ」

雨は笑い、雨粒のワッペンがついたハンカチを出して、彼の制服を拭ってあげたのだ。

「いいって、いいって！　ハンカチ汚れちゃうよ」

「平気だよ。良い匂いだから」

甘い生地と、生クリームと、チョコレートの匂い。太陽は苦笑しつつ、訊く。

「でも実行委員、よくやる気になったね」

「わたしも想い出、作りたくて」

思わず正直に答えてしまった。すぐに太陽が反応する。

「そ、それは……俺との？」

顔をあげると、思いのほか近い距離に、太陽の顔があった。雨は気恥ずかしさに耐えきれず、

「ち、違うよ。高校時代の想い出」

早口に否定し、先に歩き出す。と、目の前に開けた美しい光景に目を奪われた。

「ねえ、見て」

指差す先には、橙色(だいだい)に包まれた海と空。太陽と二人、並んで夕陽を眺める。

「大袈裟(おおげさ)なこと言っていい？　今日の夕焼け、今までで一番綺麗(きれい)……」

ふと、太陽の表情が曇ったような気がした。

「そうかなぁ？　いつもと同じ夕焼けだけどな」

「言ったでしょ、大袈裟だって。でもそう思ったの」

「どうして？」

「それは……内緒」

雨は軽やかに歩き出す。

「内緒？　なんで？　教えてよ」

急ぎ足で雨を追いかけてきた太陽が、隣に並んだ。

「イヤ。内緒だよ」

雨は走り出し、太陽を振り切る。太陽も負けじと追いかけてくるが、雨はさらに走って逃げてしまう。

「ちょっと！　なんで逃げるの？」

「だって太陽君、クレープの匂いするから」

しばらくの間、逃げては追い抜く、そんな遊びを繰り返した。そして太陽に追い抜かれた雨は、あることに気づいた。

自分の手のひらを見つめ、太陽の横にそっと並ぶ。あえてちょっとだけ距離をあけて、同じ歩調で歩いた。思わず、ふふふと笑ってしまう。

「どうしたの？　笑って」

怪訝そうな顔をする太陽に、なんでもないよ、と雨は答えた。

それから、こっそりと後ろを振り返る。二人の影が、まるで手を繋いでいるようだった。

高校で行われるランタン祭りの前日準備は、夜に及んだ。無数のランタンを校舎や校庭の至るところに吊るし、あとは点灯のテストだけとなる頃には、全員がくたくただった。

雨は、教室で段ボールに寄りかかって眠る太陽を見つけた。ふっと笑って、彼の隣にちょこんと座る。暫くの間そうして、彼が本当に眠りこけていることを確認した雨は、呟くように言った。

「こないだ夕陽を見た時、言ったよね。今までで一番綺麗だって。あれってきっと――」

隣を見る。太陽の寝顔をじっと見つめて、微笑んだ。

「太陽君がいたからなんだね……」

その時、頭上のランタンが灯った。暗かった廊下が赤い色に包まれる。あの日の夕陽のようだ。

「ありがとう、太陽君」

呟いた雨は、彼の手に目が留まった。辺りを見回し、誰も見ていないことを確認すると、そっと太陽との距離を詰める。そして彼の手、その小指に、自分の指をくっつけた。

付き合っているわけでもない。友達同士という前提で、でも、心はどうしたって彼に惹かれていった。手を繋ぐなんてとんでもない。その時の雨は、そうやって、ほんの少しの触れ合いですら、嬉しくて仕方がなかったのだ。

道端でふと嗅いだクレープの匂いで、そんな過去を思い出しながら帰宅すると、玄関に太陽がいたので非常に驚いた。

雪乃が明るい声で言う。

「買い物先で太陽君に会ったのよ。荷物運んでくれて、助かっちゃった」

確かに太陽は買い物袋を提げている。表情が硬いように見えるが、気のせいだろうか。すぐに雪乃が、お茶でも飲んでいくようにと促し、太陽は家に上がった。

雪乃が台所で鼻歌を歌いながら、お茶の支度をはじめる。雨と太陽は、ソファに向かい合って座った。すると太陽が、遠慮がちに訊いた。

「この間、大丈夫だった？」

え？　と顔を向けると、太陽は真剣な顔でこちらを見ている。

「いや、泣いてたから、心配で……」

「もう大丈夫。心配させてごめんね」

確かに太陽にしてみれば、不可解だっただろう。でも詳しい事情は説明できない。なんとなく気まずくて黙り込んでいると、雨の目に、ソファに手をついている太陽の小指が飛び込んできた。

雨は俯き、再び過去を思いながら、自分の小指を撫でる。すると、

「ねえ、雨ちゃん。明日、ランタン祭りに行かない？」

突然、太陽がそう言い出した。

「ランタン祭り？　長崎高校の？」

「うん。話があって……伝えたいことがあるんだ」

見つめ合う。今までにないほどの、太陽の真剣な顔。何かを決意したような、そんな眼差し。雨は耐えきれなくなって、顔を庭先の方に向ける。

「明日……その、アルバイトがあって！　でも、終わったら行けるよ。八時には行ける。だから……」

　再び、照れながらも、太陽を見上げる。

「待っててくれる？」

太陽も表情を和らげ、笑った。

「うん、待ってる」


　雨はその夜、自分の部屋でぼうっとしていた。彼女がいる気配には、すでに慣れつつある。

「さっき太陽君に言われたんです。伝えたいことがあるんだって……。それ、どういう意味だと思います？」

「まあ、控えめに考えても、愛の告白？」

千秋の返答に、雨はさらに落ち着かない気持ちになる。

「顔、ニヤけてるわよ」

雨は照れながら、千秋を軽く睨みつけた。

「ちょっと一人にしていただけます？」

千秋は笑い、願い通り姿を消してくれた。雨は思わずベッドに飛びこむ。

「やったぁ」

ベッドの上でバタバタと暴れる。それから呟いた。

「ほんとに叶うかも……」

恋ランタン。ずっと昔に、雨が書いた願い事は、『好きな人の、最愛の人になれますように』。

すぐそこに迫っている新たな試練のことも、今だけは考えたくない。雨はただ、太陽のことと、昔恋ランタンに書いた願い事のことを考えた。すると、

「随分とご機嫌ね」

声がかかり、飛び上がらんばかりに驚く。部屋の戸口に雪乃が立っていた。

「い、いつから？」

「ベッドの上でバタバタしてるくらいから」

「ひ、ひどい！　勝手に開けないでよ！」

「ノックしたわよ。なのにワーキャー騒いでたんじゃない」

ワーキャー……雨は顔が真っ赤になる。まったくその通りだ。いい歳をして恥ずかしい。

「興奮が冷めたらお風呂に入りなさい」

雪乃は深く追及はせず、部屋から出ていった。優しくて穏やかな、微笑を浮かべて。

5

マリンガーデン長崎は、長崎港に面した瀟洒な結婚式場だ。雨は念願の仕事を得て嬉しかったが、緊張もしていた。

上下スーツの制服に着替え、香水の瓶と試香紙を手に廊下へと歩み出す。と、そこに、礼服姿の司がやってきて、声をかけてきた。

「制服、よく似合ってるよ」

司の方こそ、礼服がよく似合う。普段のスーツ姿もそうだが、とことんフォーマルな装いが決まる人だ。

「それは？」

司は、雨の手の中の試香紙を見て訊いた。

「香水の試香紙です。新郎新婦の発案で、参列者の方に香りをふってお渡しするんです。変わった趣向ですよね」

司はそれを聞いて、ふっと目元を和らげた。

「『失われた時を求めて』か」

「なんですか、それ？」

「マルセル・プルーストの小説だよ。その冒頭で、主人公がマドレーヌを紅茶に浸した時の香りをきっかけに、子供の頃を思い出す描写があってね。ある特定の匂いを嗅ぐと、過去の想い出が蘇る──そういうのを、作者の名前を取って『プルースト効果』って呼ぶんだ」

司は分かりやすく説明してくれる。

「もしかしたら新郎新婦は、今日という日の幸せな想い出を、香りの中に閉じ込めたいのかもしれないね」

「幸せな想い出……」

司の肩越しに、少し離れた場所に佇む千秋の姿が目に入った。悲しそうな顔をしている。雨は彼女から視線を外し、手の中の試香紙を見つめた。

海辺のチャペルにオルガンの音色が響く。

雨は式場の後方で、入場する新婦を見守った。純白のウェディングドレスを着た新婦は、ヴェールをかぶりゆっくり静かに歩きながらも、全身から喜びが感じられる。祭壇の前で待つ新郎もまた、晴れやかで幸福そうな表情を浮かべて、愛する人の到着を待っている。

そして参列する人々は全員が、あの試香紙を手にしていた。

やがて並び立った新郎新婦は、高らかに宣言した。

「今日ここに、夫婦の誓いをいたします」

新婦が続ける。

「豊さんのために、美味しいごはんを作ることを誓います」

「もちろん僕も手伝います。それに、たくさん味わいます」

「でも、お願いだから太らないでね」

式場が笑いに包まれる。ただひとり、雨だけは笑えずにいる。

「口喧嘩をしても、彼女の言葉に耳を傾けます。それで真っ先に謝ることを誓います」

「これからは、一人じゃなくて二人で、彼の隣で同じ景色を眺めます」

「おじいちゃん、おばあちゃんになっても、仲良く手を繋いでいようね」

雨はこらえきれず、手元の腕時計を確認した。数字がどんどん減ってきている。

司会者が言った。

「では、二人の誓いを香りの中に閉じ込めたいと思います」

やはりあの試香紙は、そういう意味だったのだ。新郎が説明した。

「この香水、前に瓶を割って、部屋中すごい匂いにしちゃったことがあるんです」

新婦がはにかんだ様子で続ける。

「しかもそれが告白の最中で。だからこの香水の匂いを嗅ぐと、そのときの光景が蘇るんです」

「僕らの恋のはじまり――想い出の匂いなんです」

司会者が引き取った。

「では皆さん、二人の最後の誓いと共に、一緒に想い出の匂いを味わってください」

「わたしたちは、ずっとずっとこれからも、二人で一緒に生きてゆくことを誓います」

参列者が試香紙の香りを嗅ぐと、盛大な拍手が沸き起こった。雨は一人、後方に佇み、腕時計をぎゅっと手で包んだ。

もう分かっていた。新郎新婦にとってあの香水の香りは、雨にとっての、クレープの匂いと同じなのだと。

長崎高校のランタン祭りはとっくに始まっている。待ち合わせ時刻も過ぎてしまった。それでも雨はまだ、暗くなったチャペル内にいた。

一番後ろの席に座り、ぼんやりと、長崎港の夜景を見ていたが、

「千秋さん……日下さん」

と、二人を呼び出した。すぐに、暗闇から彼らが現れる。

「嗅覚の大切な意味が分かりました」

日下が、じっと雨を見つめている。

「この前、街でクレープの匂いを嗅いだ時、高校生の頃の記憶が蘇ったんです。太陽君と一緒に見た夕焼けの景色が。だからきっと、匂いって――」

雨は手の中の試香紙を見つめた。

「……想い出なんですね」

「そうです」

日下が静かに肯定する。

「嗅覚は五感の中で唯一、直接、記憶を司る海馬に情報が届く。人間の最も原始的で本能的な感覚です。言うなれば、嗅覚は想い出の扉を開く鍵」

「じゃあ、わたしはいつかあの夕焼けを……」

「鮮明に思い出すことはできなくなるでしょうね」

覚悟はしていたが、雨は衝撃を受け、黙り込んだ。

「想い出を失ったあなたは、光も、音も、言葉もない暗闇の中で、ただ独り生きてゆくのです」

衝撃をやり過ごすのに時間が必要だった。雨は黙り込み、暗くなったチャペルの中で、ただただ、黙りこくっていた。すると、

「――雨ちゃん？」

その声に、顔をあげると、入り口のところに司がいた。

「友達、すごく喜んでいたよ。よく頑張ってくれたって。このあと、予定あったりする？一杯どう？」

雨は立ち上がり、入り口のところまで歩いていくと、司に頭を下げた。

「予定、あったんですけど、疲れたからもう帰ります。誘ってくれてありがとうございます」

薄く微笑んで言ったのに、司は怪訝そうにしている。この絶望をごまかすことは無理なのかもしれない。

雨はもう一度頭を下げてチャペルから出た。

路面電車の停留所で電車を待っていると、スマホが鳴った。太陽からの着信だ。でも雨は、出ることができなかった。

時刻は八時をとうに過ぎている。

「太陽君のところに行かないの？」

再び現れた千秋がそっと訊いてくる。雨は首を振った。

「今日、新郎新婦を見てて実感しました。わたしは幸せにはなれないんだなぁ……って」

よく考えたら、もっと前に分かっているべきことだった。でも雨は、考えなかった。考えないようにしていたのだ。少しでも希望を持ち続けたくて。目の前の幸せな出来事にだけ、集中しようとした。

「味覚のないわたしじゃ、美味しいご飯は作ってあげられないから」

もしも味覚があったなら。雨は太陽のために、いろんなものを作っただろう。スイーツだけじゃなくて、彼の好物を、毎日でも。その度(たび)に、太陽はきっと、大袈裟(おおげさ)に喜んでくれたに違いない。

「声を聞くことも、口喧嘩も、同じ景色を見ることも、手の温度を感じることも、もうすぐ何もできなくなっちゃう。それだけじゃありません」

こみ上げる想いをいったん抑え込むために、雨は唇を噛(か)む。

「毎日ご飯を食べさせてもらって。トイレも、お風呂も、着替えだってお世話してもらって。どこへ行くにも手を引いてもらわないと生きてゆけなくなるんです。そうやって、好きな人にいつもいつも……死ぬまでずっと……たくさん迷惑をかけなきゃ生きられないなんて」

その世界を、自分が置かれる場所を、雨はようやく現実的に考えた。とてつもない暗闇に包まれた、孤独だけが存在する無の世界を。

「そんな子と一緒にいても、太陽君はちっとも幸せじゃない。だから……幸せになっちゃダメなんです」

千秋は黙って聞いていたが、静かに雨の隣に座った。

「そうね。あなたはきっと幸せにはなれないわ」

雨は俯き、さらに強く唇を噛む。嘘は言わない千秋の唇は、さらに真実を紡ぐ。

「たった一人、暗闇の中で生きてゆくなんて、そんなの絶対耐えられないもの。だから幸せにはなれない」

でもね、と彼女は優しい声で続けた。

「それでも、想い出を作る権利は誰にでもあるのよ」

雨は顔を上げ、ぼんやりと千秋を見る。千秋は声と同じ様に優しく微笑んでいた。その慈愛に満ちた表情は、マリア像を彷彿とさせる。

「人はいつだって想い出を作ることができる。あなたにはまだその時間もある。だから――太陽君と作っておいでよ。うんと幸せな想い出」

雨は首を振った。

「……意味ないよ」

「どうして？」

「だって……五感をなくして、暗闇の中でずっと独りで生きていたら。きっと全部忘れちゃう……だから」

「そんなことない」

千秋ははっきりと否定した。

「ある。きっとある。絶対ある。一生忘れられない想い出は、人生には必ずあるから」

雨の瞳からこぼれた一粒の涙が、やってきた路面電車のライトに照らされ、輝いた。

いくつかの情景が、鮮やかに思い出される。二人で並んで夕陽を眺めた、今までで一番綺麗(きれい)だと思ったあの茜色(あかねいろ)。その後、ふざけながら追いかけっこをした。なんで逃げるのかと訊かれて、雨は答えた。

『だって太陽君、クレープの匂(にお)いするから』

落日の光を受けて二人の影が地面に永く伸びた。彼に隠れてこっそりと、影が手をつないでいるようにした。あの時……ああ、あの時、雨は本当に幸せだった。忘れるはずがない。五感をなくし、今ほど強烈には思い出せなくても。想い出そのものが、消えてしまうわけではないのだ。

雨は立ち上がった。千秋と一瞬だけ目を合わせ、彼女の視線に背中を押されるようにして、駆け出した。

雨が走り去った後、千秋はしばらくの間、そこに座り続けていた。ほどなくして、椅子(いす)の隣に、日下が現れた。

「日下さん、前に言いましたよね。深入りするべきじゃないって」

「ええ、それが？」

「わたしにはできません」

千秋ははっきりと言った。

「探します。あの子が幸せになれる道を。彼女と一緒に」

日下は何も答えなかった。

6

長崎高校の正門前は、帰り始めた人たちが溢れていた。時刻は九時を過ぎている。雨は走って人混みを抜け、校庭に佇む太陽を見つけた。

「太陽君！」

息を切らし、名前を呼ぶと、太陽がホッとした様子をみせた。

「ごめん、遅くなって……」

「ううん。でも心配したよ。何かあったのかと思って」

責めることなく笑う太陽に、雨は胸が痛くなる。

「……思ったの。やっぱり行きたいって」

そして雨は、満面の笑みを浮かべた。

「太陽君と想い出作りたくて！」

昔と変わらないランタンの灯火が、校庭を歩く二人を照らしてくれる。祭りの終了時間まで間はなかったが、それでも雨は太陽との時間を持つことができた。

綿あめを買って、校庭で花火に興じる生徒たちを眺めた。昔を思い出したのは太陽も同じだったのだろう、顔を見合わせて二人で笑った。

中庭には恋ランタンの祈禱所もある。どうやら雨のアイデアは毎年の恒例になったらしい。そのことも嬉しかった。

本当に、たくさんの恋ランタンが吊るされている。風に揺れる恋ランタンを二人で眺め、雨は、どうか、と祈らずにはいられなかった。

どうか、ここにランタンを吊るした人の願いが、一人でも多く叶いますように、と。

ほとんどの来校客は帰ったのだろう。夜の校舎の廊下は、しんと静まっている。雨と太陽は、あの頃のように、誰もいないその場所に並んで座った。

「憶えてる？　公園で一緒に夕陽を見たこと」

太陽が訊いた。

「うん」

「あの日、夕陽が綺麗って言われた時、俺、その綺麗さが分からなかったんだ。この目じゃ、赤はくすんだ緑色だから。悔しかった。雨ちゃんが綺麗って思う景色を、好きな色を、俺は一生分かち合えないのかなって」

確かにあの時、太陽は一瞬暗い表情をした。その理由が、今なら理解できる。

「だから好きな曲を知りたかった。好きな匂いを、好きな味を知りたかった」

その言葉が放つ鋭さを知らず。太陽は、雨の手を握る。少し震えた手で。

「雨ちゃんのことを知りたかった……そんな風に思えたのは、雨ちゃんだけだよ。だから俺は、世界中の誰よりも一番、人生で一番——」

握りしめられた手が感じる、太陽の力の強さ。彼の手の大きさ。そのぬくもりを、ひとかけらも逃すまいと心に決めた雨の耳に。彼の言葉が届けられる。

「君のことが大好きだ」

雨は泣きそうになるのを我慢して、微笑んだ。

「ありがとう、太陽君」

「うん……」

「わたしね。好きな人がいるの」

太陽が、大きく目を見張る。その顔に失望が広がるのに時間はかからなかった。雨はそこに、さらなる楔を打ち込む。

「太陽君じゃなくて、他にもっと好きな人が。だから、あなたの気持ちには応えられない」

明らかに傷ついた様子の太陽に、雨は溢れそうな涙を堪えて続けた。

「でも──嬉しい」

太陽の手を、ぎゅっと握り返す。

「すごくすごく嬉しい……だから──忘れないよ。太陽君が好きって言ってくれたこと。ずっとずっと忘れない」

太陽は失望し、傷つき、そして困惑している。雨の言葉や、表情に。それでも雨は、大事なことを、最後に言った。

「わたしの一生の想い出」

雨は太陽と別れ、その足で孔子廟に向かった。どうしても、今夜、そこに行きたかった。

無数のランタンに照らされた道を歩いていると、背後に彼女が立つ気配があった。

「どうして断ったの？」

千秋に問われ、雨は小さな声で答える。

「……ただ欲しかっただけだから」

好き、という言葉が。

「その言葉さえあれば、頑張れる気がしたんです。五感をなくしても……暗闇の中で独りぼっちでも」

自分がどれほど残酷なことをしたのか、分かっている。でも太陽君。許してほしい。あなたは知らない。この先、わたしがどれほどの絶望と暗闇の中、生きていかなければならないのかを。その時がきたら、今日あなたがくれた言葉は、きっと、きっと、闇の中に見えるただひとつの輝きになる。

そう信じてる……。

雨は、足を止めた。門の向こうの祈禱所に、高校生の自分が見える気がした。

あの頃の雨は、恋ランタンを吊るすと柏手を打って、心から願った。祈禱牌に書いた『好きな人の、最愛の人になれますように』という願いが叶うことを。ああ、そうだ。あの後、去ろうとして、足を止めたのだった。

そして、係員に頼んで、もうひとつ、新たなランタンを買った。ペンを走らせて、別の願い事を書いた。

「欲張りかなぁ」

書き終えて、顔をちょっとしかめて、そんなことを呟いた。

今、二十六歳の雨は、かつての、高校生だった自分に言ってやりたい。

そんなことないよ。

欲張りなんかじゃない。

かつての自分が書いた、もうひとつの願いは。

『初恋の人と、いつか手を繋げますように』

叶ったよ、ふたつとも……。

雨は今、涙ながらに微笑む。

「でも、どうしてだろ……」

笑みは消えて、涙だけが流れ落ちた。

「悔しいな……」

その涙は、降り出した雨に溶けてゆく。雨は霞む瞳で、雨の中に滲むランタンの明かりを見つめていた。


同じ頃、太陽もまた雨に打たれていた。ランタンの光は消え、曇天から落ちてくる雨の中、顔を空に向けて立ち尽くしている。

ただ、自分が失ったものの大きさに打ちのめされている。

十年、ずっと大事にしてきた想いは、今夜、退けられた。その事実に、仕方がないと思う自分と――うまく言葉にできない困惑に、身動きが取れないまま、太陽は雨に打たれ続けた。

冷たい雨が降りしきる中、雨は家路についた。傘はなく、ただ濡れるまま、俯いて歩いていると、頭上に傘が差し出された。

振り返ると、司が立っている。

「さっき辛そうだったから心配で……。何があった?」

これから起こるすべてのことは、雨は自分で耐えるつもりでいた。しかし、濡れて冷えた身体が、それ以上に凍りつきそうなほどの心が、人の温もりを求めていた。

「……バカみたいなこと、言ってもいいですか?」

「え?」

「信じなくていいです。笑ってもいいです。でも、どうしても言いたくて……」

司は生真面目な顔で顎を引く。

「いいよ、言って」

「できるところまでは一人で耐えようって思ったんです。まだまだ頑張れるって、そう思ったんです。だけど……辛くて」

「辛い? 何が?」

「……もうすぐ五感をなくすことが」

司は当然の反応をした。何を言っているのか、分からないだろう。困惑したような顔で、問うように雨を見つめる。

「何も分からなくなっちゃうことが……苦しくて。想い出だけじゃ、やっぱり怖くて」

ついさっきまで。大丈夫だと思えた。でも、そう思おうとしていただけなのだ。濡れながら帰宅し、寒さに震えた。その冷たささえ、もうすぐ感じなくなると思うと、新たな恐怖が襲ってきたのだ。

司は、無言のまま、雨を抱きしめた。雨は呟く。

「笑っていいですよ」

彼にとっては、バカみたいなことを言ったのだから。しかし。

「笑えるわけないよ。だって――」

抱きしめる力が、強くなる。

「雨ちゃんが泣いているから……」

その言葉と確かな温もりに、涙が溢れ出る。司の胸の中、雨はしばらくの間、泣き続けた。

第四話　青い春の香り

1

太陽はずぶ濡れの状態で、帰宅した。

『わたしね……好きな人がいるの』

ため息と共に靴を脱いで中に入る。ドアを開けてリビングのドアを開けた瞬間、パーン、という高い音が鳴り響いた。

クラッカーだ。あっけにとられた太陽の前に、春陽、達夫、竜一、純、雄星の五人が現れる。

「ピーカン、おめでと～！」

と、拍手が続く。リビングはどこもかしこも派手な飾り付けだ。純、竜一、雄星が口々に言った。

「彼女できたんだろ？　やったなぁ！」

「ったく、羨ましいなあ、おい！」

「自分も甘酸っぺえ恋したいっす！」

ごほんと咳払いをしたのは達夫だ。年長者らしく、

「でもいいか？　彼女ができても浮かれるんじゃねぇぞ？　花火師として、より一層の精進をだなあ――」

まぁまぁ、と遮ったのは春陽だ。

「朝野選手、今日の告白、どうでしたか？」

「フラれました」

短く答えると、一同は静まり返った。春陽が真っ先に反応する。

「今なんつった？」

「あなたの気持ちには応えられないって、フラれた」

春陽は真っ青になる。まるで自分がフラれたかのように。

「はあぁぁ⁉　なんで？　つか、どんな告白したのよ？　まさかトラックの前に飛び出して、死ぬとか死にませんとか吠えたんじゃないでしょうねぇ！」

「吠えてないよ。雨ちゃん、他に好きな人がいるって……」

先程までお祭り騒ぎのようだったのに、一転してお通夜状態だ。達夫まで来てくれたのは驚きだ。

「なんかすみません。俺のために集まってくれたのに」

春陽に背を向けて、リビングから出ると、後ろ手にドアを閉めた。

彼らには申し訳ないが、今はただ、一人になりたかった。太陽は複雑そうな表情をした

「もう寝ます。おやすみなさい」

「いや……麻雀（マージャン）するか？」

夜遅くの喫茶店は客もまばらで、静かな音楽が流れていた。雨の音と冷気が遮断（しゃだん）され、ほっと一息つける。

雨は司（つかさ）と共に窓側の席に落ち着いた。無数の雨滴が窓ガラスを濡らしている。その向こうに見える街の明かりは、滲み、ぼやけていた。

雨は両手で温かいコーヒーのカップを持っていた。向かいに座る司も同じものを注文している。

「すみません。コーヒー、付き合ってもらって」

「いや……。さっき言ってたことなんだけど――」

それは当然、気になるだろう。五感を失ってしまうと教えてしまったのだから。雨の隣に座る千秋（ちあき）は、

「奇跡のことは言ってはダメよ」

と忠告する。もちろん、彼女の姿は司には見えていない。

「もし話せば、あなたも太陽君も死んでしまうわ」

　横を見ている雨を不思議に思ったのだろう、司が怪訝(けげん)そうにする。

「どうしたの？」

　雨は慌てて正面に向き直った。

「珍しい病気なんです。実はもう味覚もなくて……」

　司の視線が一瞬、雨の手元のコーヒーに注がれる。

「信じられませんよね、こんな話」

「……太陽君はそのこと知ってるの？」

「知りません。言うつもりはないんです」

「どうして？」

　雨は一瞬、言葉に詰まった。でも、この期に及んで自分の気持ちをごまかすことはできない。

「好きだから」

　軽く目を見開いた司に、正直に打ち明ける。

「わたし、太陽君のことが好きなんです。高校生の頃からずっと。そしたらさっき夢みたいなことが起こって。告白されたんです、好きだよって。でも――」

「断ったの？」

小さく、頷く。

「わたしといたら、きっと迷惑かけちゃうから。それに、太陽君には見られたくないんです。五感をなくして、何も分からなくなった姿なんて」

「そうか……。彼のどんなところが好きなの？」

雨は束の間、黙り込む。答えはすでに、自分の中にちゃんと用意されている。何度も考えてきたことだった。

「特別扱いしてくれるところ」

声に出して言ってみると、この期に及んでなお、確かな喜びを感じた。

不思議だ。司とは知り合って間もないのに、こんなに正直に自分の気持ちを打ち明けられる。彼の穏やかで大人びた佇まいが、接する人を素直にしてくれるのかもしれない。今はとにかく、司の存在が有り難かった。雨は、太陽本人には言えない本当の気持ちを、司に聞いてもらうことにした。

「雨なんて変な名前で。ちっとも冴えないわたしのことを、太陽君はいつも特別扱いしてくれるんです。たくさん褒めて、励まして、ちょっと恥ずかしいことも、大袈裟なことも、なんでも素直に言ってくれるんです。そんな人、今まで一人もいなかったから――」

気持ちを吐露しながら、雨は自然と微笑んでいた。

「嬉しかったんです。お姫様になれたみたいで。それに、心から思ったんです」

微笑みながらも、涙もまた、自然に零れ落ちてくる。

「もしまた生まれ変われるなら、次も彼と絶対出逢いたいって……」

司は黙って聞いてくれている。

2

春陽の目から見た兄、太陽は相当に無理しているように見える。大好きな雨にフラれたというのに、仕事は以前にも増して熱心にこなしていた。

父の陽平が退院してきたが、事情は、達夫あたりから聞いたようだ。明らかに挙動不審で、太陽に話しかけるタイミングを窺っていた。そしてとうとう、切り出した。

「太陽、大丈夫か？」

太陽は作業の手を止め、父親に顔を向ける。

「何がですか？」

「いや……なんだ、その。フラれたって聞いてな」

やれやれ。春陽は頭痛を覚えて額に手を当てる。不器用親子はどこまでも似ている。

「大丈夫です。俺、何があっても雨ちゃんのこと諦めませんから」

これには春陽も驚き、思わず腰を浮かせた。

「そうだ、親方。この星の図面、達夫さんに確認してもらってもいいですか?」

「あ、ああ、頼んだ」

「了解です」

太陽は颯爽と去っていく。その背を見送った陽平は感慨深そうに呟いた。

「逞しくなったな、あいつ……」

春陽は思わず、父親の脇腹を肘で突く。

「何シジミみたいなツラしてしみじみしてんのよ。息子の傷口に塩塗るなんてデリカシーなさすぎ」

「いやでも元気じゃねぇか、あいつ」

本当に、何も分かっていない。

「……んなもん、カラ元気に決まってるでしょ」

太陽と雨にはうまくいってほしかった。おそらく春陽が、誰よりもそれを願っているのに——。

嗅覚を失うカウントダウンは無情に続いている。雨は庭の植物たちに水やりをしていたが、ふと、白いマーガレットに目が留まった。

剪定バサミで、何本かを摘み、香りを嗅ぐ。爽やかで青いようなその香りは、たしかに、過去の日々を思い出させる。

「マーガレット?」

振り返ると、千秋と日下が立っていた。

「花占いの花だよね? 好き、嫌いって」

「はい。大好きなんです、この花」

日下がいつものように、淡々と言う。

「マーガレットの花言葉は、『心に秘めた愛』『恋占い』。なぜ恋にまつわるものが多いかご存じですか?」

雨は首を振った。まったく、この日下という男は、千秋以上に得体が知れないが、博識であることは間違いがない。

「ギリシャ神話の女神アルテミスは、恋人のオリオンを兄の企みで死なせてしまった。その悲恋に捧げる花だから、恋にまつわるものが多いのかもしれませんね」

「悲恋に捧げる花……」

門扉が開く音がして、雨はそちらを見た。買い物から帰ってきた雪乃が、辛そうに腰をさすっている。

どきりとした。

「ばあちゃん、大丈夫?」

雪乃はなぜか慌てた様子で、平気よ、と笑みを浮かべる。

「ばあちゃんも歳ね。腰が痛いわ」

と、そそくさと家の中に入っていった。

何か様子がおかしい。雨はなんとなく気になって家の方を見ていた。すると日下が言った。

「五感のこと、おばあ様には伝えておくべきでは？」

「でも……」

「あなたは大事なことを忘れている。五感を失ったあと、あなたは二十四時間、三百六十五日、介護が必要になるでしょう。そのときどうするのか？　今のうちに考えておくべきです」

それは、考えたことがないわけではなかった。だけどやっぱり、具体的に突き詰めることから逃げていたのだ。

雪乃を悲しませたくない。それと同時に、苦労も、これ以上かけさせるわけにはいかないと、思っていたから。

夕食の席で、雨は食事にほとんど手をつけることができなかった。味覚がないためだけではなく、あれこれと考えすぎてしまい、さらに食欲が失せてしまっている。

「雨……一度病院で診てもらったら？」

雪乃が心配そうに見ている。五感のことを、話すなら今なのだろうか。雨が意を決し、箸を置いたその時、シンディーが来客を告げた。

「誰かしら？　こんな時間に」

「わたし行くよ」

取り敢えず話さなくてすんだことにホッとし、雨は急いで玄関に行った。扉を開けると、そこにいたのは、意外な人物だった。

「……春陽ちゃん」

春陽は、思い詰めたような顔をしている。その目には苦悩が見て取れた。

「何かあった？」

「わたし……おにいに聞いて。雨ちゃんに、他に好きな人がいるって」

雨は咄嗟に背後を見た。雪乃に聞かれてはダメだ。慌てて、春陽を伴って外に出た。そのまま二人で、夜道を歩き出す。するとしばらくして、春陽が訊いた。

「雨ちゃんの好きな人って、あの市役所の？」

市役所と言われて思い当たるのは一人だけだ。

「もしかして、司さん？」

「分からないけど……でも、あの人、格好良いし、完熟マンゴーみたいな色気もあるし……。それに比べてうちのおにいは青臭い小僧だから、どうあがいても太刀打ちできないなって。でも——」

春陽は足を止めた。雨も立ち止まり、真剣な顔の春陽を見る。

「信じてたの。それでも大丈夫だって。だって雨ちゃん、高校生の頃、おにいのこと好きだったから」

ああ、そうか。なぜ、春陽が今夜ここに来たのか、雨は理解した。春陽は、雨のかつての気持ちを知っている。ある意味、雪乃と同じくらい、確信を持っていただろう。

「それなのに、わたしのせいで……」

その言葉には、雨は眉を寄せた。

「春陽ちゃんのせい？」

「わたしがあんなこと言わなかったら、今頃違う世界線だったよ。とっくに恋人同士だったはずなのに……」

雨はじっと春陽を見つめる。あの頃より、彼女も大人びた顔立ちになった。

マーガレットの花と、赤い封筒と、観覧車。いろいろな想い出が、色鮮やかに蘇る……。

二〇一六年二月——。

卒業式を数日後に控えた雨は、出かけるため、玄関で靴を履こうとしていた。その日は、東京での一人暮らしに向けて必要なものを買い揃えるため、太陽と待ち合わせをしていた。

雪乃が玄関まで見送りに来て訊ねた。

「いよいよ卒業ね。式当日は太陽君も来られるの？」

雨は苦笑した。

「来ないよ。保護者じゃないんだから」

「それは残念ね。それに彼、もう卒業しているから第二ボタンももらえないし」

「第二ボタン？」

「昔は卒業の記念に、好きな人の第二ボタンをもらったの」

「どうして第二なの？」

「心臓に一番近い位置のボタンだからよ。好きな人の心をもらうってこと」

「心……」

「でももう雨はもらってるか。太陽君から心を」

雨は赤くなり、そそくさと家を出た。雪乃のからかいには慣れていたが、さすがにこの会話は気恥ずかしかった。それでも、家を出てからもずっと、幻の、太陽の第二ボタンについて考えるはめになったのだった。


買い物で回ったショッピングセンターには、観覧車が設置されていた。雨が長い間その観覧車を見上げていると、太陽が訊いた。

「どうしたの？」

「あの観覧車、乗ったことなかったなあって」

「そうなんだ……。でも観覧車って、退屈じゃない？」

普段、ほとんどの言葉を肯定してくれる太陽にしては、めずらしく辛辣な意見だった。

「ぐるぐる回るだけで楽しくないじゃん。それに、恋人たちのものって感じだし。俺には関係ないっていうかさ」

雨は不意打ちを食らった気分だった。傷ついたといえば大袈裟だが、正直、ちょっと泣きたくなってしまったくらいだ。

「それもそうだね。わたしたちには無関係だよね。さてと、買い物、買い物」

その後太陽がどんな表情をしていたかは分からない。雨もできるだけ引きずらないようにして、必要なものを買い揃えていった。

そのアクセサリーショップは、だから、偶然ふらりと入ったのだ。店頭に、素敵なものを見つけたから。

それは、雨粒を模した小さな指輪だった。運命的なものを感じて手に取り、人差し指にはめると、イミテーションの宝石が光を弾いてキラリと光った。

「可愛い……」

思わず見とれてしまったけれど、値段を見ると一万円もする。雨は急いで指輪を戻した。

「でもちょっと高いや」

「いいの？」

隣に並んだ太陽に訊かれる。

「うん。それより一番大事なものを買わなくちゃ」

その時の買い物の一番の目的は、スマホを買うことだったのだ。それも無事に入手し、すべての買い物を終えてから、二人で施設内のカフェで休憩した。テーブルの上に、さっそく買ったばかりのスマホを置いて、雨は顔を輝かせた。

「やったあ。卒業間際でようやく手に入った！」

「おめでとう。使い方、分かる？」

太陽が身体を動かした時、椅子に掛けてあった彼のコートが落ちてしまった。雨はすかさずそのコートを拾ったが、ふと、気づいたことがあって、顔をコートに近づけた。

太陽が心配そうな顔をする。

「もしかして、臭い？」

「ううん、そうじゃなくて。花火の匂いがしたから」

え、と太陽は目を瞬いた。

「ああ、仕事場にも着ていってるからね」

そうか。当たり前のことなのに、雨は今さらのように、自分と太陽の歳の差を実感した。雨はようやく高校を卒業するが、太陽は二年も前に卒業し、すでに働いている。だから学生服の第二ボタンなんて、もらえるはずがないのだ。

夜になって、家まで太陽が送ってくれた。荷物もたくさん持ってくれている。夜道で、ふと思い出したように太陽が訊いた。

「お店の寮に住むんだよね？　引っ越し、いつだっけ？」

「卒業式の次の日。もうあっという間」

彼は少し寂しそうな顔をした。

「そっか……。あ、見送り行くね！　絶対に行く！」

「でも平日だよ？」

「平気平気。今日だって休みもらえたし。これだけ買ったら荷物運びは必要でしょ。それに……一緒にいられるの、あと一週間だからさ」

あと一週間。雨は急に寂しさを覚えた。思えば高校時代のほとんどの想い出は、太陽と共にある。一足先に卒業した彼だけれど、折に触れて会っていたし、たくさん話もした。

「なんか今、実感しちゃったな。わたしの青春時代、もうすぐ終わるんだなあって」

改めて感じたことを言うと、太陽もしんみりした様子だ。しかしすぐに、明るい声で言った。

「そうだ！　卒業記念に欲しいものない？」

卒業記念と聞いて、思い出したのは、雪乃の言葉だった。

「い、いいよ。もう手に入らないし……」

太陽はぽかんとする。

「もう生産終了したもの？」

「そうじゃないけど……」

あなたの学生服の第二ボタンが欲しい。そんなこと、言えるはずがなかった。

「他には？　なんでもいいから言ってよ」

その時、目の前にある店が目に飛び込んできたのだった。

バス停でバスを待っている間、雨は嬉しくて、腕の中に抱えた小さな花束を見ていた。

マーガレットの花束だ。さっき見かけた生花店で、太陽にねだって買ってもらった。

「もっと派手なのじゃなくてよかったの？」

「これがいいの。わたしマーガレット好きだから」

「花占いの花だよね？　好き、嫌いって」

「うん。この花、新しい品種なんだ。普通マーガレットって良い匂いはしないいんだけど、これはすごく素敵なの」

　太陽に花束を向けると、彼は微笑(ほほえ)んだ。

「本当だ。あ、じゃあ、この花の香りを俺と雨ちゃんの〝想い出の香り〟にしない？」

　またおかしなことを言い出した。雨は苦笑し、太陽を見た。思いがけず真剣な顔があった。

「さっき言ったよね。青春時代が、もうすぐ終わるんだなぁって。そんなことないよ、きっと」

「そうかな」

「そうだよ。十年後の約束を叶えるまでは終わらないよ」

　二人の中での、とても大切な約束。

　太陽は一人前の花火師に。雨は一人前のパティシエに。花火とお菓子で、それぞれ、たくさんの人を幸せにする――。

「だから春が来るたび、この香りを嗅いで、今の気持ちを思い出そうよ」

　太陽が笑うから、雨もつられて笑ってしまった。

「うん、分かった」

　マーガレットの花たちも、嬉しそうに風に揺れて笑っていた。

「じゃあ、もう一回」

　と太陽が言い、二人で花に顔を寄せる。それから顔を見合わせて、また笑ったのだった。

太陽がくれたその花は、胸が苦しくなるくらい、青い春の香りがした――。

雨は、その花を、帰宅してすぐに花瓶（かびん）に活（い）けた。その愛らしさに自然に笑みがこぼれる。

すると、

「あら、可愛いマーガレットね」

雪乃が花瓶から、ひょいっと一本抜き取った。

「子供の頃よくやったわ。好き、嫌いって」

と、実際に花びらをむしろうとするのを、慌てて阻止（そし）する。

「ちょっと！　大事なお花なんだから！」

雪乃は、はいはい、と花を花瓶に戻した。

「あと一週間で上京ね。太陽君に気持ち、伝えなくていいの？」

雨は言葉に詰まる。雪乃は呆（あき）れた様子だ。

「意気地（いくじ）なしねえ。迷っているならマーガレットに聞いてみたら？　気持ち、伝える？　伝えない？　って」

「今どき、恋占いなんてしないよ」

「恋する気持ちに時代は関係ないわ。それに、時には人生、花に導いてもらうのも悪くないわよ」

それもその通りだと思えた。何より、太陽がくれた花で占えば、結果に信憑性（しんぴょうせい）が感じられそうだ。

雨はその夜遅く、厳粛(げんしゅく)な気持ちで、花占いをしたのだった。花びらをむしってしまうのはもったいなくて、一枚ずつそっと触れて数えてゆくことにする。

「伝える……伝えない」

太陽との想い出の数々が蘇った。

雨の日の昇降口で、差し出してくれた赤い傘。「君を幸せにする花火を作りたい」という言葉。

一緒に並んで見た夕陽。

ランタンの夜の校舎。

マカロンをくれた朝。

「伝える……伝えない」

残りの花びらは一枚。結果はすでに分かっている。うーん、と顔をしかめたものの、最後の一枚を指さした。

「伝える！」

よし。結果がそうなのだから、腹をくくるべきだ。雨は勇気が萎(しぼ)んでしまう前にと、急いで引き出しから赤い封筒と便箋(びんせん)を出した。その時、花瓶に目が留まり、あることに気づいたのだった。

卒業式の日。雨は、式の終了後、太陽の家を訪れた。赤い封筒を手に、ドキドキしながらインターホンを押した。少しして、顔を出したのは、当時まだ高校生になったばかりの春陽だった。

「こんにちは。わたし、太陽君の友達の逢原雨といいます。妹さんですか……？」

「春陽です。おにいならまだ仕事ですけど」

その、そっけない態度にひるみそうになりながらも、雨は言った。

「そうですか。あ、じゃあ、表で待っててていいですか？」

春陽は、雨が手にする赤い封筒を見た。

「告白するんだ……」

図星だったので、ドキリとした。春陽は不愉快そうに眉根を寄せて。

「わたしが口を挟むことじゃないけど、ひと言だけいいですか？　おにいの夢、邪魔しないでくださいね」

何を言われているのか分からず、雨はただ、春陽を見た。彼女はさらに苛立った様子で。

「先週、一緒に買い物行きましたよね？　平日に。あの日、おにい仕事を休んだんです」

確かに、太陽はそう言っていた。

「もし二人が付き合ったら遠恋ですよね？　東京と長崎の。そしたら、そういうこともっと増えそうで……」

春陽は、雨をじっと睨みつけた。

「おにいには、お母さんとの約束があるんです。だから邪魔しないで」

雨も太陽から聞いていた。『いつかたくさんの人を幸せにするような、そんな花火を作ってね』。そう、亡くなった母親に言われたことを。

雨は、手の中の封筒を見つめる。次に顔を上げた時は、ちゃんと笑顔を浮かべていた。

「やっぱり帰ります。太陽君には、わたしが来たこと黙っててください」

そして踵を返すと、朝野家をあとにしたのだった。

3

あれから八年。突然家に訪ねてきたのは、今回は、春陽の方だ。夜道を二人で歩きながら、当時の話をした。

「ずっと後悔してたんだ。ゴリゴリの思春期だったとはいえ、二人の邪魔してほんと最低って」

雨は俯く。確かに当時は、悲しかった。でも、春陽が言うこともっともだと思ったから、手紙を渡さなかったのだ。

「雨ちゃん。今さら虫がいいことは分かっているの。でも。いっこだけお願いを聞いて」

春陽は真剣な顔で言い、頭を下げた。

「おにいにチャンスをあげてほしいの！」

雨はただ困惑し、春陽を見る。チャンスとは、いったい？

「おにい、言ってた。何があっても雨ちゃんのこと諦めないって。だからお願い！　もう一度だけ考えてあげて！」

何度考えても、結果は同じだ。雨は運命から逃れられないし、そこに太陽を巻き込むことはできないのだ。

でも、もしも、太陽が本当に、雨を諦めるつもりがないとしたら？　雨はしばらくの間考えた。何が、彼にとって最善なのか。それから深く嘆息すると、春陽に答えを告げた。


その夜、雨の部屋に現れた千秋は、嬉しそうに言った。

「でも、よかった。太陽君のこと、もう一度考え直すことにして。わたしもその方が……」

「気持ちは変わりません」

「え？　じゃあ、デートは？」

春陽に頼まれたのは、太陽にもう一度チャンスをあげるために、ハウステンボスでデートをしてやってくれということ。過去のお詫びとして、チケットを買わせてほしいということ。雨は彼女の申し出を受け入れた。ただし、太陽との関係をもう一度考え直すためではない。

「諦めさせようと思って。太陽君の心の中にある、わたしを好きって気持ちを」

「雨ちゃん……」

どうしてだろう。千秋のほうが辛そうな顔をする。

「だからうんと嫌われるつもりです。嫌なこととかたくさん言って、ワガママ言って困らせて、この子最低だなって思わせようかなぁって」

「いいの、それで?」

「はい。わたしにできることは、ひとつだけだから」

雨は笑みを浮かべる。最近は、こんなふうに強がって笑うことが増えてきた。

「太陽君の人生の邪魔をしない。それだけです」

だから土曜日は卒業式なのだ。太陽からの。

あの日。卒業式を終え、東京に発つ日の前夜、買ったばかりのスマホに太陽からメッセージが来た。翌日の飛行機の時間を訊かれた。本当は朝十時だったのに、雨は嘘を教えたのだ。夜の九時だよ、と。

渡せなかった手紙は、ゴミ箱に捨てようと思った。しかしそれもできず、抽斗の奥深くにしまいこんだ。

今、雨はその抽斗を開けてみる。あの日の手紙は、少し色褪せていたが、ちゃんとそこにあった。

さあ。時間がかかったけれど、今こそ、この手紙を処分する時だ。雨は決心し、手紙をゴミ箱へ捨てた。


約束の日、雨が玄関で靴を履いていると、日下が現れ、言った。

「今日は嗅覚のタイムリミットです。夜九時、あなたは匂いを感じる力を奪われる」

分かっている。腕時計に表示される時間を、雨自身が一番よく把握している。

「逢原雨さん。あなたは人生最後に、なんの香りを味わいたいですか？」

答えは出ない。雨は無言のまま、玄関から外に出た。

4

待ち合わせは長崎駅前だ。晴れ渡った空の下、駅前広場に佇む雨は、ぼんやりと腕時計を見下ろしていた。『00:11:58:40』。残り時間は、たったのこれだけ。

「雨ちゃん！」

太陽が、笑顔で駆けてきた。変わらぬその明るさに、雨は胸が痛くなる。硬い表情で手を振り返すのが精一杯。

「遅れてごめん。それに、春陽が無理言って……。でも嬉しいよ。ありがとう」

無言のまま、ただ、困ったように笑ってみせる。

「行こうか！　ハウステンボスって何年ぶりだろ。電車で一時間半くらいだから昼前には……」

その時、背後でクラクションが聞こえた。振り返ると、司が運転する車が近づいてくる。太陽は戸惑った様子だ。無理もない。

「わたしが誘ったの」

雨はあっけらかんとした口調で言った。太陽の困惑をよそに、司が車を停めて窓から顔を出す。

「お待たせ。乗って」

呆然(ぼうぜん)としている太陽を無視し、雨は先に助手席に乗り込んだ。

「わざわざ車、出してくれてありがとうございます！」

司は司で、さらに陽気な声で応じる。

「その方が楽だからね。太陽君もどうぞ」

雨はもう、太陽の顔を見ることができなかった。後部座席に静かに座る太陽の存在を、できるだけ考えないようにして、でも十分に意識しながら……ドライブの間中、司と二人だけで話し続けた。結局太陽は、その間、ひとことも発しなかった。通常一時間ほどの道のりが、永遠とも思えるほど長かった。おそらく太陽は、それ以上に苦痛だっただろう。

ハウステンボスの正面ゲートで、司が自分の分のチケットを買いに離れた時、太陽はようやく雨に訊いた。

「雨ちゃん……どうして？」

雨はぎゅっと拳に力を込める。そして、頭の中で何度も練習したセリフを言った。

「期待させても悪いから先に言っておくね。わたし、太陽君のこと考え直すつもりないから」

太陽は、胸を衝かれたような顔をした。

「なら、どうして今日……」

「それは……春陽ちゃんに頼まれて、仕方なく……」

「仕方なく？」

当然、太陽の顔は曇る。雨は胸の痛みをやり過ごし、さらに言った。

「太陽君。わたしの好きな人、司さんなの」

太陽は瞬きもせず、雨を見つめ返す。

「……だから。今日は、太陽君に応援してほしくて。わたしたちが上手くいくように」

互いに無言で見つめ合った。雨は必死に、太陽の顔から視線を外したくなるのを我慢した。そこへ司が戻ってきたので、ようやくほっと息を吐く。

「お待たせ。どうかした？」

「ううん、何も！　行きましょ、司さん！」

雨は司の腕を引いて歩き出した。

ハウステンボスは、オランダ語で〝森の家〟という意味を持つテーマパークだ。広大な敷地を生かして中世ヨーロッパの街並みが再現されている。

三人はまず、フラワーロード周辺を散策した。三連風車に季節の花々が咲き誇り、オランダの長閑な田園風景が演出されている。その中を、雨は司と並んで歩いた。太陽は離れて、ひとりで歩いている。雨は思いつく限りの最低なことをやった。二人乗りの可愛いブランコを見つけてははしゃぎ、司の腕を引いてそこまで行くと、

「太陽君、撮ってくれる？」

とスマホを太陽に渡した。戸惑う太陽に、

「お願い」

と強めに言って、有無を言わせず撮影係を引き受けさせた。ブランコでは司と肩を寄せ合い座り、太陽が撮る写真に収まった。

その後も司とふたりで回り、司とばかり話した。太陽はそんな二人の後ろをついてくるだけだった。しかし、とうとう、昼食時に彼が言った。

「ねぇ、雨ちゃん。もしよかったら、この後、観覧車に乗らない？」

パーク内のキッチンカーそばで、買ったばかりの佐世保バーガーを三人で食べている途中だった。佐世保バーガーは米海軍の関係者から伝わったとされるボリューム満点のハンバーガーで、かつての雨の好物でもあったが、もちろん今はなんの味もしない。しかし、もしも味覚が通常通りだったとしても、太陽にあえて冷たく接しているこの状況下では、食べ物の味などしなかったかもしれない。

太陽の視線の先には、確かに、白い観覧車が見える。

「高校生の時、乗れなかったから……どうかな？」

当然、雨はあの時のことを憶えている。でも、太陽も憶えていたなんて。雨はしばらく考えていたが、

「いいよ」

と答えた。太陽はとたん、笑顔になる。しかし雨は、すぐに続けた。

「観覧車なら三人で乗れるしね！　司さん、これ食べたら行きましょ」

司は苦笑し、首を振る。

「僕はどこかで待ってるよ。二人で楽しんできなよ」

どうして。雨は司を見つめ、それから、そっと目を伏せた。

「……なら、やめとこうかな」

太陽は、さらにショックを受けた顔をしている。今日、あとどのくらい、彼のこんな顔を見なければならないのだろう。

「だって。観覧車は、恋人たちのものだもん。わたしたちには関係ないよね」

笑って言いながら、雨は心の中で泣いていた。自分自身の唇から放たれる最低な言葉の数々に。でもまだ、終わりではないのだ。

夕刻には、タワーシティのあたりを回った。高さ一〇五メートルの塔〝ドムトールン〟が建っている場所だ。この塔はオランダの有名なドム教会の時計塔をモデルに造られていて、街を一望するランドマーク的存在でもある。近くの運河にはクルーズ船が停泊していた。

「司さん、一緒に乗りましょ！」

雨はお決まりのように、司の腕を引っ張った。司は、でも、と太陽を見る。今度は太陽の方が気を利かせてくれた。

「俺、どっかで待ってます。二人で楽しんできてください」

辛い顔は見せなかった。明るく言ってくれたのが、余計に苦しくて、雨は顔を背けた。

その後、クルーズ船に司と二人で乗り込み、船尾の席に腰を下ろすと、雨はまず彼に謝った。

「すみません。こんなことに付き合わせて」

「構わないよ。でもびっくりしたけどね。『太陽君に嫌われたいんです』って言われた時は」

そうなのだ。春陽と会ったあの夜、雨はすぐに司に電話をかけて、この厄介（やっかい）な役を引き受けてもらった。

「けど、こんなことで彼は君を嫌いになるかな」

雨は、雨粒のワッペンのハンカチをぎゅっと握る。

「嫌われます。何をしてでも」

司は黙り込む。なぜか、彼も複雑そうな顔をしている。それでも雨は言った。

「司さん。もうひとつだけお願いがあるんです」

「お願い？　何？」

「……わたしと付き合ってくれませんか？」

司は、じっと雨を見つめた。

「僕と雨ちゃんが付き合う……フリをするってこと？」

「はい。迷惑なのは分かっています。でも司さんと付き合うことにしたら、太陽君、諦めてくれるかなって」

「どうしてそこまで？　嫌われる必要なんてないのに」

「……わたし、高校生の頃からの夢があるんです」

夕刻の風が、優しく船に吹き付けてくる。雨は乱れた髪をそっと押さえ、言った。

「約束したんです。二十六歳になったとき、太陽君の作った花火を見るって。一人前のパティシエになるって。でも、もう二つとも叶わないから……だから、せめて太陽君にだけは夢を叶えてほしくて」

運河の色が、刻一刻と変わってゆく。雨の腕時計の数字も少なくなってゆく。

「彼の妹やお母さんの願いを、わたしも応援しようって思ったんです。でもそのためには……わたしがいたら、邪魔になっちゃう」

八年前、おにいの夢の邪魔をするな、と言ったことを、春陽は謝ってくれた。謝る必要なんてない。たとえどんな状況だったとしても、雨は絶対に太陽の邪魔はしたくない。

「だからいなくなるんです。太陽君の前から」

司は少し苦しそうな顔をして、雨から視線を運河の向こうへと転じた。

「分かった。恋人役でもなんでもやるよ。だけどその代わり条件がある」

「条件？」

「もうひとつ、雨ちゃんに叶えてほしいことがあるんだ」

司の視線の先には、白い観覧車がある。

「乗りたかったんでしょ？　太陽君と、高校生の頃からずっと。一緒に乗っておいでよ」

「……でも。乗ったら未練が残りそうで」

「それでも、想い出は心に残るよ」

千秋と同じようなことを、司は言う。

「言ったよね。未来に後悔を残すべきじゃないって」

雨はハンカチを握りしめ、運河の向こうに見える観覧車を食い入るように見つめた。


クルーズ船を降りた司は、急に仕事で呼び出されたのだと、太陽に嘘を吐いて、一人で先に帰ってしまった。

司の配慮は有り難かったが、同時に非常に困るものでもある。雨と太陽は観覧車近くまで行き、取り敢えずベンチに腰掛けた。互いに無言で、気まずい空気が流れている。雨はその空気に気づかないふりをして、ただ、ライトアップされた観覧車を見上げていた。

寒い日だ。夕方以降気温がさらに下がっている。雨はくしゅん、とくしゃみをして、小さく震えた。すると。

「あのさ……ごめん。五分だけ待っててくれる？」

太陽は何を思ったのか、突然、上着を脱いで雨の膝にかけた。

「寒いからこれ着てて！　すぐ戻るから！」

と、どこかへ走っていってしまう。残された雨は呆然としたものの、ふと、膝のコートに目がいった。

腕時計を見る。嗅覚を失うまで、あと一時間。日下の言葉を思い出した。

『逢原雨さん。あなたは人生最後に、なんの香りを味わいたいですか？』

雨は、太陽のコートを持ち上げると、そっと抱きしめた。

「一緒だ……」

愛おしさが胸に溢れ、自然と、今日一番の幸せな笑みが浮かぶ。

「花火の匂い……」

あの時と同じ。観覧車に乗れなかったけれど、買い物に付き合ってくれて、フードコートで、落ちた彼の上着を拾い上げた時、同じ匂いがした。

太陽君の匂い。大好きな人の匂いを、できるだけたくさん吸い込み、心に刻む。すると、その時、〝あるもの〟が目に留まった。


雨を観覧車の前のベンチに残し、太陽はとある店を目指して走っていた。

過去の、さまざまな記憶が蘇る。

八年前。雨と買い物に行った日、観覧車に興味を示した彼女に、つい気のない返事をしてしまい、機嫌を損ねたこと。その後、雨に内緒であるものを買い、東京に出立する日に渡そうと決意した。

でも、雨が太陽に告げた飛行機の時間は嘘だった。夜になって逢原家を訪ね、雪乃からすでに雨が発ったことを聞いた。

雨はとっくに東京に着いていて、スマホにメッセージが届いた。

『太陽君に会ったら、東京に行くのが辛くなりそうで。だから嘘ついちゃった。ごめんなさい』

その帰り道、太陽はひとりで夜の眼鏡橋に立ち寄った。コートのポケットから、あるものを取り出した。それは指輪ケースで、本当だったら雨に渡すはずのものだった。

中は、雨粒の指輪だ。買い物の日、雨が指輪をはめて微笑んでいるのを見て、買うことを決意した。指輪を見て、可愛い、と彼女は笑った。でもそんな彼女自身のほうが、何倍も可愛くて、太陽はその横顔から目が離せなかった。

思えば太陽は、今まで幾度もそんな風に雨とすれ違ってきた。気持ちを伝える機会はいくらでもあったはずなのに、逸し、彼女は東京に旅立った。渡すはずの指輪と、太陽の気持ちを置き去りにして。

今、太陽は人混みを避けながら懸命に走る。今日が最後かもしれない、という予感があった。春陽は、ハウステンボスのチケットを渡してくれる時に言った。

「二人には幸せになってほしい。チケットはわたしからのプレゼントだよ。恋の敗者復活戦なんだから、気合い入れていきなよね」

だから、太陽は走っている。観覧車に乗る前に、どうしても、雨に渡したいものを求めて。

「雨ちゃん」

思っていたよりもずっと早く、太陽は戻ってきた。雨が顔をあげると、後ろ手に何かを隠して、そこに立っている。かなり走ったのだろう、息があがっているようだ。

彼は、雨の前にそれを差し出した。

「昼間、売ってるの見つけたんだ」

それはマーガレットの花束だった。

「もう一度、渡したくて。マーガレット」

雨は何も言えず、ただ、白い花束を見つめる。そんな雨に、太陽は言った。

「雨ちゃん。しつこいかもしれないけど、やっぱり一緒に乗ってほしいんだ」

目の前に差し出された花束を、雨は心の底から欲しいと思った。でも、受け取ってはならないことも分かっていた。迷いに揺れる雨の胸に、雪乃の言葉が蘇る。

『迷ってるならマーガレットに聞いてみたら?』

雨は息を吸い込み、花束から一本のマーガレットを抜き取る。

「聞いてみてもいい？」

太陽は意図を察してくれて、すぐに頷（うなず）いた。雨は繊細（せんさい）な花びらを一枚ずつ、指差す。

「乗らない……乗る」

かつて、太陽は言った。この花の香りを、彼と雨の想い出の香りにしようと。

「乗らない……乗る」

雨の青春時代は、終わらないとも言った。十年後の約束を叶えるまでは。

「乗らない……乗る」

だから。ああ、だから。

『だから春が来るたび、この香りを嗅いで、今の気持ちを思い出そうよ』

雨は目を閉じる。マーガレットの花にまつわる、太陽との想い出が溢れ、あの時の香りが確かに蘇る。

「乗らない……」

雨は指差す手を止めた――と、驚きで、大きく目を見開いた。もう一枚、最後に花びらが残っている。

そんな。太陽が、嬉しそうに雨に微笑みかけている。雨は呟くように、結果を口にした。

「乗る……」

5

二人を乗せたゴンドラが高度を上げてゆく。眼下には、宝石を撒いたかのような光の渦。雨も、向かいに座る太陽も、宇宙の一部になったような気がした。

膝の上には、花束が置かれている。眼下の夜景を見る雨とは違い、太陽はどこか落ち着かない様子で、視線も定まらない。

「どうしたの？」

「後悔したんだ」

と、彼は言った。

「観覧車はぐるぐる回るだけで楽しくない。恋人たちのものだから俺には関係ない。あんなこと言わなきゃよかったって、ずっと後悔してた。でも俺……」

雨は気づいた。なんと、太陽の手が震えている。

「怖くて……」

「え？」

「高いところ、実はダメでさ……」

あ、と雨は声を漏らした。そうだったのか。それで。

「バレたら格好悪いと思って誤魔化(ごまか)しちゃったんだ」

雨は思わず噴き出した。どうりで、あの時、太陽にしては意地悪なことを言うと思ったのだ。

「笑わないでよ」

「ごめん」

「でも嬉しい」

太陽も笑っている。

「だって雨ちゃん、今日、初めて笑ってくれたから」

雨は何も答えず、再び外を見た。天辺に着くと、向かいから緊張が伝わってきた。太陽は手すりを強く握っている。雨はそっと言った。

「怖かったら、目、閉じてていいよ」

「でも……」

「いいから。閉じて」

うん、と太陽は素直に目を閉じる。雨はそんな太陽の顔を見つめた。

ああ、わたしは太陽君が好きだ。こんなにも好きだ。抑えようとすればするほど、彼を好きだという気持ちが、確かな愛情が溢れ出てきてしまう。幸い、目を閉じている太陽に気づかれることはないけれど。

雨はそっと息を吐いた。そして、できるだけ穏やかな声で告げた。

「わたし、司さんと付き合うよ」

太陽は目を閉じたまま、身動ぎした。

「さっき船の上で告白されたの」

声は震えていない。大丈夫だ。太陽はまだ目を閉じたまま。

「今日一日、太陽君が応援してくれたおかげだよ。ありがとう」

「ひとつ訊いていい？」

「何？」

「司さんのどこが好きなの？」

雨は腕の中の花束を抱きしめた。

雨は今日、嘘をたくさんついた。今から、新しい嘘をつく。でも、嘘だけれど、本当でもある。

「特別扱いしてくれるところ……」

「特別扱い？」

嘘の中に、紛れもない真実を混ぜて、雨は話した。

「雨なんて変な名前で。ちっとも冴えないわたしのことを……いつも特別扱いしてくれるの」

太陽は黙って聞いている。

「たくさん褒めて、励まして、ちょっと恥ずかしいことも、大袈裟なことも、なんでも素直に言ってくれるんだ。そんな人、今まで一人もいなかったから――」

雨は、幸せそうに笑った。

「嬉しかったの。お姫様になれたみたいで。それに、心から思ったの。もしまた生まれ変われるなら、次も絶対出逢いたいって……」

微かに涙ぐんでしまったのを、どうか、どうか、気づかれませんように。

「来世も、次も、その次も、何度生まれ変わっても……わたしは……わたしはずっと――」

目を閉じたまま、微動だにしない太陽に。唇だけを動かして告げる。

大好き、と。

しかし、当然のことながら、太陽には届かない。

「もういいよ」

彼は呟くように言った。

「羨ましいな、司さんが……俺だったらよかったのにって、悔しいけど、そう思っちゃうよ。でも」

太陽はそこで、ようやく目を開いた。その瞳には悲しみがあったが、彼は雨から目をそらさず、はっきりとした声で言った。

「おめでとう。幸せになってね」

太陽君は、こういう人だ。ああ、だから、これほど好きになったんだ。

雨は笑う。もうすっかり上手になった。楽しくなくても、幸せでなくても、こうして笑うことが。

「うん。幸せになるね」

二人を乗せたゴンドラは、やがて静かに地上へ戻った。

ハウステンボスを出た雨は、バス停が見えたところで太陽に言った。

「ここからは別々に帰ろ」

うん、と太陽は頷く。雨は、

「それから、これ」

と鞄から あるものを出した。太陽は目を細める。それは、赤い折り畳み傘だった。

すべての始まりだった、あの赤い傘。

「今までありがとう」

無言のまま、傘を見つめる太陽に。

「あの約束、今日で終わりにしよ。赤い傘と、花火の約束」

囁くように言って、傘を太陽に渡す。

「逢うのもこれで最後。司さんに悪いから」

「でも俺は……」

「元気でね、太陽君」

雨は太陽が何かを言う前に、

「立派な花火師になってね」

と大事なことを言った。

「それに、素敵な人を見つけてね。太陽君にはきっと、わたしなんかよりふさわしい人がいるよ。あなたの花火を見て、心から笑ってくれる女の子が。だから――」

雨は精一杯、彼に笑いかけた。

「わたしのこと、もう忘れて」

長崎市内に向かう高速バスの車内で、太陽は、折り畳み傘を見つめた。視界が滲んでゆく。涙が溢れ、頰を伝い落ちる。

堪えようとしても、無理だった。何度拭っても、拭っても、涙はとめどもなく溢れてくる。

十年もの間、想い続けてきた。いつか素晴らしい花火を作りたいという、その夢を超えるほどの熱で、彼女を想い続けてきた。

今夜、本当に終わったのだ。思いもよらない結末だった。

人もまばらな車内で、太陽はひとり、声もなく泣き続けた。


雨は高速バスではなく、電車での帰宅を選んだ。ホームには誰もいない。ベンチに座る雨の横には、千秋がいる。

「観覧車、乗るつもりはなかったんです」

ぽつりと真実を告げると、千秋は不可解そうに眉（まゆ）を寄せた。

「でも、じゃあなぜ花占いを？」

「マーガレットの花占いには秘密があって」

昔、初めて太陽にマーガレットをもらったあの日の夜、雨は気づいたのだ。

「マーガレットの花びらって、ほとんど全部奇数なんです。だから最初に言った方が最後に来るんですよ。なのに、あんな肝心（かんじん）なときに限って偶数だなんて。でも……」

雨は、腕の中のマーガレットに微笑（ほほえ）みかけた。

「嬉しかったな」

「……雨ちゃん」

「奇跡なんて大嫌いだけど、でも、こんな奇跡だったら……幸せだなあって。そう思っちやいました」

　そして、ふっと微笑む。

「それに一番欲しいものも、もらっちゃったし」

　雨はポケットからそれを取り出す。

　太陽のコートのボタンだ。

「第二ボタン。卒業の記念に」

　嬉しそうに笑う雨を、千秋がなんとも言えない表情で見つめている。

　そして、しばらくして、駅のホームの時計が九時を指した。その瞬間、雨の腕時計の数字も0になる。

　雨はもう腕時計は見ない。ただ、腕の中のマーガレットを愛(いと)おしそうに見つめる。

　そっと顔を寄せると、逃げられない事実を突きつけられ、小さく震えた。

　太陽が走って買いに行ってくれた、世界で一番素敵な花は……胸が苦しくなるくらい、もう、なんの香りもしなかった。

　帰宅したのは、夜の十一時に近かった。逢原家の門の前で、雨は日下を呼んだ。庭先の暗がりの中から、闇から滲み出すように、喪服(もふく)姿の男が現れる。

「今からばあちゃんに話します。五感のこと」

「……そうですか」

「これからのこと、ちゃんと話し合わなきゃ」

雨はただ、雪乃の反応の心配ばかりしていた。祖母がこの事実をどう受け止めるのか。そればかりを。

考えもしなかった。祖母自身に、何が起きているのかを。

「ただいまー」

努めて明るく言って、家の中に入った。雪乃の反応はなく、怪訝に思いながら廊下を進む。廊下はいつも以上にひんやりとして、なぜか胸が騒いだ。

そのまま居間に入って――雨は花束を落とした。

雪乃が床に倒れている。腰を押さえてうめきながら。

「ばあちゃん！　どうしたの⁉　ばあちゃん！」

悲鳴じみた雨の声が家の中に響く。床に落ちたマーガレットは悲しげに横たわり、たくさんの花びらが散らばっていた。

第五話　すべて魔法のせいにして

1

雨が祖母の雪乃と暮らすようになったのは、小学校二年生の時だ。

はじめの頃、雨は、なかなか自分の気持ちを伝えることができなかった。雪乃だけではなく、誰に対してもそうだった。

ある日の深夜、雨は廊下の暗がりで、児童書の『アラビアン・ナイト』を手に座り込んでいた。静かに座っていたのに、雪乃が起きて、部屋のドアをそっと開けた。

「どうしたの、雨？　眠れないの？」

雨は無言のまま、首を振った。雪乃は叱るようなことはせず、雨の隣に腰を下ろした。

「実はね、雨にひとつ秘密にしていたことがあるの」

雪乃はやけに厳粛な面持ちで。

「ばあちゃん、魔法使いなの」

雨は、えっと驚き、目を見張った。すると雪乃は少しおどけた感じで両手を広げ、高らかに言った。

「イフタフ・ヤー・シムシム～」

さらにきょとんとした雨に。

「日本語だと、開けゴマ。知ってるでしょ？『アラビアン・ナイト』で、アリババが岩の扉を開けた呪文」

雨は腕の中の児童書を見た。

「この魔法にかけられたら、心の扉も開いちゃうの」

雪乃は優しく微笑んだ。

「聞かせて。雨の本当の気持ち」

雨は児童書をぎゅっと抱きしめて、勇気を振り絞って言った。

「ばあちゃんと一緒に寝たいの……」

「寂しかったんだ」

雪乃は、雨の頭を優しく撫でた。

「よく言えたね。えらい、えらい」

雨は知らなかった。人の手が、これほど優しいことを。頭を撫でる雪乃の手は、誰よりも優しく、雨にとって世界で一番尊いものになった。

それから一緒に雪乃の布団に入った。雨はすぐ横にいる祖母に訊いた。

「わたしも大人になったら魔法使いになれるかなあ」

「もちろん。雨は、ばあちゃんの孫だもの。もしも魔法が使えたら、どんな願いを叶えたい？」

「えー、なんだろう」

雨は真剣に悩んだ。

「お菓子いっぱいほしい！　あと可愛い服！　それと……」

雨は祖母の手を握った。

「ばあちゃんと、お母さんと、三人で暮らしたいな」

「叶うわ、きっと……」

微笑んで、手を握り返してくれる祖母に、雨は笑顔になる。

「あとはね～」

「あら、随分と欲張りな魔法使いね」

「だって、たくさんたくさん、あるんだもん！」

雨は次々と思いつく限りの願い事を口にした。その度に雪乃は笑ってくれて、雨は信じて疑わなかった。

大人になったら。どんな願い事も、きっと叶うのだと。

深夜の病院は、これで二度目だ。前回は、太陽が事故に遭った時。あの時、雨は重大な決断をし、〝奇跡〟を受け入れた。

そして今、雨は再び絶望の淵にいる。ドアを開けて病室に入ってゆくと、雪乃はベッドの背を起こして座っていた。

「心配駆けてごめんね、雨」

申し訳なさそうにする祖母に、雨は首を振り、丸椅子に腰を下ろす。

「それに、ずっと黙っていたことも。ばあちゃんね――ガンなの」

雨は、雨粒のハンカチを握りしめた。そんな雨を見ながら、雪乃は静かな声で話す。

「苦しいのはごめんだから、抗がん剤治療も断ってきたの。だからもってあと二ヶ月。早ければ数週間かもしれない。改めてそう言われちゃったわ」

「……嘘だよ」

雪乃はさらに申し訳なさそうな顔をする。

「死なないよ。絶対に死なない。死ぬわけない。きっと先生が間違えてるんだよ。だから……だから」

嗚咽と共に、涙が零れ落ちた。

「死んじゃうなんて、言わないで」

「おいで、雨」

雨が隣に座ると、雪乃は雨を優しく抱きしめた。

「ばあちゃんは、もうすぐ死ぬわ」

雨は必死に首を振る。

「でも、まだ生きてる」

「ばあちゃん……」

「ちゃんとこうして生きてる」

そう言って、身体を離すと、泣き続ける雨の顔を見た。

「だから、生きてる間は、雨の笑顔をたくさん見せて。ばあちゃんはね、笑ってる雨が大好きなの」

祖母はちっとも変わっていない。それなのに、死ぬなんて信じられない。雨はもう何も言えず、大好きな祖母の手をそっと握った。

2

太陽が雨と別れて帰宅すると、父の陽平がリビングで起きて待っていた。早寝の父親にしてはめずらしいことだ。

何も訊かなかったが、太陽の表情から察したのだろう。その後、静かに酒を酌み交わした。

「なんだ、その、人生、明けない夜はないっていうか……」

「いいよ、上手(うま)いこと言って慰めようとしなくて」

「そうか……」

本当は、今夜くらい静かに放っといてほしいところだったが、父の気持ちも分かる。それに太陽は、訊いてみたいこともあった。

「父さんはさ、母さんと、どんな恋愛してきたの？」

「なんだよ、急に」

「いや、一度も聞いたことなかったなあって」

陽平は昔を懐かしむように目を細めた。

「俺も散々フラれたよ。お前なんか比じゃないくらいにな」

「母さんって面食いだったの？」

「馬鹿野郎。明日香(あすか)の実家は、福岡で手広く商売をしててな。いわゆる、箱入り娘だったんだ」

「そうなの？　初めて聞いたよ」

この父と箱入り娘の母。なんだかピンとこない。

「あいつの親父(おやじ)さんは、娘に悪い虫がつかないようにって、長崎の全寮制の女子校に明日香を入れたんだ。なのに、俺みたいなのがちょっかい出したもんだから、怒ってな」

「じゃあ、母さんの親戚と付き合いがないのって……」

「最後は駆け落ち同然だったからな」

「そうだったんだ」

「太陽。フラれた男ができることは三つだけだ。ひとつは、相手の幸せを願うこと。もうひとつは、何事もなかったようにいつも通り普通に暮らせ。いつまでも引きずってたら、相手の罪悪感になっちまう」

雨の最後の言葉を、太陽は思う。元気でね、と言った。自分のことは忘れてほしいと。立派な花火師になって、新しい恋をして……そうしたら、彼女は安心して自分の人生を歩めるのだろうか。

「それと最後は」

陽平は、さらに真剣な顔になって言った。

「もしもお前の好きな子が、一人で泣いて悲しんでいたら、その時は、何を置いてでも駆けつけてやれ」

その言葉は、太陽の心に刻み込まれた。分かった、と言おうとしたその時、廊下でガタンと音がした。

太陽がドアを開けると、そこにいたのは春陽だった。風呂上がりらしく、パジャマを着て、髪はまだ濡れている。落としたスマホを拾って、バツの悪い顔をする。

「いやさ、お風呂の排水口に信じられない量の抜け毛があってさ。おにい、ストレスでハゲ散らかすんじゃないかと思って」

「多分それ、父さんのだよ」

「だよね！　どうりで情けない髪質だと思った」

陽平がリビングから、声をあげる。

「おい、なんか言ったか？」

「さて、そろそろ寝ようかな」

太陽は嘆息する。今日のデートをセッティングしてくれたのは春陽だ。きっと気にして、立ち聞きしていたのだろう。結果を出せず、申し訳ない気持ちにもなる。

「明日、日曜だし飯でも行くか？　たまには奢るよ」

ほんと、と春陽は明るい表情で振り向いた。

「じゃあ寿司ね！　大トロ一貫三千円するバカ美味い寿司屋があるの！　予約しとくよ」

太陽はただ、苦笑いを浮かべた。春陽の明るさが、今は救いだ。

その頃、雨は深夜のリビングで、千秋に詰め寄っていた。

「ばあちゃんのこと、奇跡で助けられませんか？」

もうこれしかない、と強く思い込んでいた。

「太陽君を助けたみたいに病気も治してほしいんです！」

千秋は悲しそうな顔で首を振る。

「奇跡は誰にでも起きるわけじゃない。選ばれた人だけ。それに、わたしたちに与える権限はないの」

雨は落胆し、肩を落とした。気持ちが千々に乱れている。思えば、あの働き者の雪乃が、仕事をやめたいと言いだした時、気づいても良さそうなものだった。雨は自分の苦しみばかりに目を向けて、身近な雪乃の病気に気づいてやれなかった。

ましてや自分は、故郷を出てから八年もの間、一度も戻らなかった。

それが申し訳なく、いたたまれない。どれほど孤独だっただろうか。ひとりきりで身体の変化を受け止めるのが、どれほど不安で苦しいか、雨は誰よりもよく分かっている。

雪乃を救えるのならば、五感のほかに、どんなものであっても、奪われても構わないのに。

「午前零時です」

日下の平坦な声が静寂を破る。向こうから歩いて近づいてきていた。

「次に奪われる感覚が腕時計に表示されます。残るは三つ。視覚、触覚、聴覚。そのいずれかを失うことになる」

雨は息を呑み、手元の腕時計を見つめた。本当だ。もうすぐ次の運命が決まる。日下が容赦なく時を読み上げる。

「あと五秒——三、二、一……」

雨は目を閉じた。そして、

「ゼロ」

恐る恐る目を開くと、腕時計には、手のマークと、『21:02:59:55』のカウント。

「次に奪われるのは触覚。タイムリミットは、三週間後の二月十八日、午前三時です」

雨はごくりと喉を鳴らした。

「触覚って……具体的にはどんな?」

「氷に触れた時の冷たさ。棘が刺さった痛み。あなたが今触れているソファの質感、そして、人のぬくもりや皮膚の感触。それらすべてを感じる力です」

思った以上に、日常生活に直結している。いや、五感のすべてが、そうなのだ。普通に生きていれば意識していないだけで。

すでに失った味覚や嗅覚も、失ってから初めてその役割がいかに大切なものなのかを思い知った。

「つまり触覚とは、世界と、そして誰かとの繋がりを実感するための感覚と言っても過言ではない。あなたはもうすぐその繋がりを感じられなくなります」

「……じゃあ分からなくなるんですね」

雨が最初に思ったのは、祖母の手だった。

「触れても――」

布団の中で感じた祖母のぬくもり。そっと握って、魔法使いの願い事をした。

「触れられても――」

太陽が、雨の手を握った。少し震える手で。

雨のことを、知りたかったと言った……。

「もう何も……」

「ええ、そうです」

雨はそこで、ある可能性に気づいてハッとする。

「足の感覚がなくなっても立っていられるんですか？　ちゃんと歩けますか？　物を持ったりすることも。寝たきりになったり……そんなことありませんよね？」

「それは分かりません」

ソファに座っているのに、めまいを感じた。そんな。事態は、雨が想像しているより悲惨なものになりそうだ。

「ただ、ひとつ言えることがあるとするならば――そうなる準備は、しておくべきかと」

日下はいつも、冷静に、必要なことを言う。千秋は苦しそうだ。雨はただ、黙って自分の手を見つめる。

この手で本当に魔法が使えたらいいのに。

雨は『アラビアン・ナイト』が好きだった。繰り返し読んでいると、雪乃に言われた。

「雨はその本が大好きね」

「たくさん魔法が出てきて楽しいの！」

すると雪乃は、ふと真面目な顔つきになった。

「ねぇ、雨？　ちょっとだけ難しい話をしてもいい？」

「うん」

「大人になると、苦しいことや悲しいことがたくさん起こるわ。でも、雨に魔法をかけてくれる人もきっと現れる。だから、そんなときは遠慮せず――」

雪乃は、あの大好きな手で、雨の手をそっと握った。

「魔法に助けてもらいなさい」

雨は、深く意味など考えなかった。ただ、うん、と頷いた。

「その代わり、雨も誰かに素敵な魔法をかけてあげてね。そうやって、人は助け合いながら生きてゆくの」

「じゃあわたし、ばあちゃんに魔法をかけてあげる！」

雪乃は柔らかく微笑んだ。その笑顔を、昨日のことのように憶えている。

3

翌日、太陽は春陽と共に鍋冠山公園に来ていた。長崎の街を、海を、夕陽が橙色に染めている。

「夕陽キレイ！」

春陽ははしゃいでいるが、太陽にその色は分からない。それでもこの場所と時刻は、太陽に大切な時間を思い起こさせる。

太陽は少ししんみりとした。一方、春陽はガサゴソと音を立てながら、ビニール袋からパックの寿司とビールを出した。

「本当にいいのか？　スーパーのパックの寿司で」

「あんま高いお寿司おごらせてリボ払いとかされたらシャレにならんからね。これで十分。んじゃ、乾杯」

まったく春陽らしい。太陽は苦笑し、妹と缶ビールで乾杯した。

「かあ〜〜！　美味い！　肝臓にしみるわ〜！」

「おっさんかよ」

春陽は笑いながら寿司のパックを開く。

「さて、お寿司お寿司。でもさ、今だから言えるけど、ぶっちゃけ相手が悪かったよ」

「相手？　司さんのこと？」

「あのイケメンは、たとえるなら本マグロの握りだもん。かんぴょう巻のおにいじゃ、どうやったって勝てないよ」

「うるさいよ」

と、太陽はかんぴょう巻を頬張る。

「まあさ、世界のどっかにはいるはずだよ。本マグロより、かんぴょう巻が好きっていう女の子も」

こいつ、これで慰めているつもりか。

「他の女の子はどうでもいいよ……」

「もぉ、切ないこと言うなよ、かんぴょう巻」

「兄貴をかんぴょう巻って呼ぶな」

それでもなんだかおかしくて、太陽は笑った。そしてポケットから、あの指輪のケースを取り出す。開くと、指輪が夕陽を受けて輝いた。

春陽がそれを見て呟く。

「可愛い指輪」

「雨ちゃんが卒業する時買ったんだ。気に入っててさ。まあでも、結局渡せずじまいだったけどな」

指輪を見つめると、あの日の雨の顔が蘇る。

本当に可愛くて、清らかで、尊かった。

「この指輪をはめている雨ちゃんを見て思ったんだ。この子の〝指輪の精〟になれたらな……って」

春陽はきょとんとした顔をする。

「指輪の精？」

「『アラビアン・ナイト』に出てくるんだよ」

「そうだっけ。ランプの精のほうが有名だよね？」

「ランプの精は悪いやつに使われて、裏切ったりもする。でも指輪の精はいつもアラジンの味方で、どんな願いも叶えてくれるんだ」

普段だったら、妹相手にこんな話はできない。ファンタジーの世界を引っ張り出してでも、無理やりかっこつけてでも、雨を守りたいと思った当時の気持ち。

「だから俺も、雨ちゃんに悲しいことがあったら、指輪を擦ってもらって、もくもくもくって現れて元気づけたいなってさ。馬鹿みたいだけど、本気でそう思ったんだ」

そんな風に、俺が幸せにしたかった。

太陽はひとつ、大きな息を吐くと、立ち上がった。

「捨てるよ、この指輪」

「別にそこまでしなくても」

春陽が焦ったような顔をする。

「いや、捨てる。今度こそ終わりにするよ」

「そっか……」

雨の願いは、自分を忘れること。指輪なんて持っていたら、いつまでも彼女を忘れることなどできないし、彼女の足かせになる。

太陽は指輪をケースにしまった。蓋を閉じる時、少しだけ躊躇した。二度とその輝きを見ることはできないのだから。でも結局、ぱたんと蓋をする。

「……さよなら」

そして、思い切り投げた。ケースはあっけなく、暗くなった夜空と夜景の境目あたりに吸い込まれて、消えた。

雨は病室の前で大きく深呼吸をした。ノックと同時に扉を開き、中に入る。

「ばあちゃん、着替え持ってきたよ。寝間着はいつものでいいよね。あとは、歯ブラシと、眼鏡と、現金ってどのくらいあれば足りるかな」

「ねぇ、雨」

静かな、それでいてしっかりとした声で、雪乃は訊いた。

「あなた、何か隠しているの？」

雨は咄嗟に何も答えられず、途方に暮れたような顔をしてしまった。雪乃はポンポン、とベッドを叩く。雨はそこに大人しく腰を下ろした。

「懐かしい」

雪乃が呟く。

「昔を思い出したの。雨が眠れなかった夜のこと」

「ああ……ばあちゃん、魔法使いなのって言ってたね。信じちゃったよ」

「いいのよ、信じて。本当のことだもの」

雨は顔をあげて祖母を見た。

「今も魔法、使えるわ」

温かな手が、雨の手の上にそっと重ねられる。そして。

「イフタフ・ヤー・シムシム……この魔法をかけられたら、心の扉も開いちゃうの」

雨の視界に、案内人の二人が映り込む。彼らも黙って雪乃を見ている。

「素直になれる特別な呪文よ。だから聞かせて。雨の本当の気持ち」

もう駄目だ。雪乃は本当に魔法が使えるのかもしれない。この優しい手で触れられたら、隠し事などできない。

「ばあちゃん、わたしね……」

雨もそっと雪乃の手を握り返した。

「もうすぐ五感がなくなるの」

雪乃の反応は、司と同じだった。一瞬、何を聞いたのか分からないといった顔をする。

「そういう病気なの。味覚も、嗅覚も、もうなくて。あと数週間したら、ばあちゃんのこの手の感触も、分からなくなっちゃう」

涙が頬を滑り落ちていった。

「目も……耳も……なんにも分からなくなるの」

ごめんなさい、と雨は消え入りそうな声で呟く。

「どうして謝るの？」

「だって、ばあちゃんはわたしを助けてくれた。お母さんから守ってくれた。夢だって応援してくれた。なのに……わたしは何も返せなかった。おばあちゃん孝行、なんにもできなかったから……」

雪乃は涙を堪えたようだが、唇は震えていた。それでも気丈に言った。

「ありがとう、雨」

まったく予想外の言葉に、雨は驚き顔をあげる。そこには不敵な笑みを浮かべた祖母の姿があった。

「これで死ねなくなった。生きなきゃいけなくなった」

雪乃はいつもの彼女らしく、はきはきと言った。

「こんなあんたを残しておちおち死んでいられないわ。よぉし、こうなったら何がなんでも生きてやる。生きて雨を支える。絶対、支える。約束する」

「ばあちゃん……」

「だから、なんにも心配いらないよ。ばあちゃんがいる」

「うん」

「ずっと一緒にいる」

「うん……」

雪乃は雨の頭を優しく撫でる。

「よく話してくれたね。えらいえらい……」

雨はじっと動かず、祖母に撫でられるままでいた。その柔らかで温かな感触は、幼い頃からずっと大好きで、当たり前で、失うことなど考えられないもののひとつだった。

その後、雪乃といろいろな話をした。病室のベッドに寄り添うようにして座って。

「今も毎日考えちゃうんだ。五感をなくしたりしなかったら、どんな未来が待ってたんだろう……って。パティシエだって、もう一度頑張ってたんだろうな。それに、太陽君の告白にも『うん』って言ってたと思う。きっと、すごく幸せだったんだろうな……」

心の中で想像することは自由だ。何度も想像した。バイトした式場のチャペルで、結婚式を挙げる姿を。純白のウェディングドレスとヴェール、清らかなオルガンに衣擦れの音、祭壇の前で自分を待つ太陽の照れくさそうな顔と、幸せそうに笑う自分……。

きっと、何年か付き合って、お金を貯めて、結婚して。

時々は、喧嘩だってするだろう。それでも太陽は優しいから。すぐに謝ってくれるに違いない。

休みの日は、一緒に散歩もするだろう。夕暮れの高台のベンチで、手を繋いで座る。他愛もない話をして、お互いに顔を見合わせて微笑んで。それで、今日も幸せだったねって笑い合うのだ。

「そんなどこにでもある幸せを……バカだよね。今でもつい考えちゃうんだ」

「間に合わないの？　今からでも」

「遅いよ」

雨はそっと嘆息し、天井を見上げた。

「願いはもう叶わないの」

病院からの帰り、雨は自宅に続く道をぼんやりと歩いていた。すると道の向こうから、春陽が歩いてきた。

切羽詰まった表情をして、しかも、顔や服が泥や枯れ葉で汚れている。

「どうしたの？　そんなに汚れて」

「雨ちゃんに渡したいものがあって」

春陽はポケットから小さなケースのようなものを取り出した。これも全体的に汚れている。

「これ、おにいからのプレゼントなの」

「え……？」

「雨ちゃんが高校卒業する時に買ったって。すごく、気に入ってたみたいだからって」

春陽が蓋を開くと、そこには、雨粒の形をした石が輝く指輪があった。確かに、あの時の指輪だ。

「おにい言ってた。これをはめてる雨ちゃんを見て思ったって。この子の〝指輪の精〟になれたらな……って」

指輪の精のことは、当然、『アラビアン・ナイト』が好きな雨にも分かる。どんな時でもアラジンの味方なのだ。雨が黙り込んでいると、春陽がさらに言った。

「ありがとね、雨ちゃん」

なぜ礼を言われるのか分からず、問うように彼女を見つめると。

「わたし、雨ちゃんにめちゃめちゃ感謝してるの。あのへっぽこで、ポンコツで、根暗で、根性なしのおにいが。花火師として十年間頑張ってこられたのは、全部全部、雨ちゃんのおかげだから」

それは雨も同じだ。十年、頑張れたのは……途中で諦めても、挫けても、さらに前に進もうと思えたのは……太陽がいてくれたおかげだ。

「雨ちゃんと出逢えたから、おにいは変われたんだよ」

春陽は、さらに言う。

「だから若干キモいけど、この指輪もらってあげてよ。抽斗の一番奥にしまっておくだけでもいいからさ。成仏させてやって、おにいの青春」

春陽は指輪を差し出す。雨は受け取れない。受け取れるはずもない。すると春陽は雨の手に無理やりケースを握らせた。そして悲しげに微笑んだ。

「……バイバイ！」

そしてそのまま背を向けて去ってしまったのだった。

4

雪乃が入院したと聞いた司は、いてもたってもいられず病院を訪ねた。連絡をくれたのは雨だったが、その時に、とあることを頼まれたのだ。

施設を紹介してほしいと——身体が動かなくなった時に入ることができる施設を。

司は、とてもじっとデスクで仕事などしていられなかった。それで車を飛ばして、まずは雪乃と話すべく、病院に来てみたのだが、病室から雪乃の切羽詰まった声が聞こえてきてしまった。

「あと一年……いえ、半年でいいんです。なんとか長生き、できないでしょうか」

雪乃のこんな声は、聞いたことがない。初めて市のフラダンス教室で出会った時も、彼女は、参加者の誰よりも生き生きとしていた。明るく、はっきりと物を言う一方で、誰に対しても親切で優しい。そんな雪乃が、今、余裕など一切ない様子で、懇願している。

「どんな治療でもします。抗がん剤でもなんでもします。苦しくても構いません。だからどうか、どうか、もう少しだけ永く生きさせてください」

医師は沈黙している。司も病室のドアに手をかけたまま、動くことができない。

「お願いします！　どうしても、今死ぬわけにはいかないんです！」

「お気持ちは分かります。しかし……」

司は顔を上げた。ノックをしてから、ドアを開くと、疲れ切った様子の雪乃と目があった。

回診を終えた医師が出ていくのを待ってから、司は雪乃にそっと訊いた。

「……聞いたんですね。五感のこと」

「驚いたわ……信じられなかった。そんな病気があるだなんて」

まったくだ。司は苦しくなって顔を歪めた。

「……僕にできることはないでしょうか」

ずっとそのことを考え続けてきた。

「介護するのは無理かもしれないけど、ヘルパーの手配だったり、優秀な医者を探したり、なんでもいいんです」

「あの子はきっと望まないわ。司君にも太陽君にも、誰にも迷惑をかけたくないと思っているから」

「でも、僕は……」

それでも。司は奥歯を噛んだ。

「彼女の力になりたいんです」

雪乃はしばらくの間、司を見ていた。賢い彼女のことだから、司がなぜ、これほど心が乱れているのか、見抜いただろう。

しばらくして、彼女は言った。

「だったら、ひとつ頼まれてくれる？」

そう言って、床頭台（しょうとうだい）から自宅の鍵（かぎ）らしきものを出す。

「あの子の一番の願い、叶えてあげたいの」

司は、その真意を理解した。もちろん分かっている。他ならぬ雨自身が、本当の気持ちを教えてくれたから。

「だけどこれは、あなたにとってはすごく辛（つら）いこと。それでもいい？」

なぜ辛いことになるのか、司自身も自覚している。

出逢って間もないが、初めて会った時から、司は強く雨に惹（ひ）かれていた。いつも控えめなのに、そこにいるだけで目が離せない。気づくと彼女のことばかり考えていた。いったい、どこに惹かれるのか。憂（うれ）いを含んだ大きな瞳か、繊細（せんさい）な横顔か。ふとした時に見せる、はにかんだような微笑か。そのすべてか。雨の、静かな佇（たたず）まいとは対照的な、内側に秘めた強い想いを垣間見（かいまみ）て、すべてを知りたいと思わせられた……惹かれる理由など、一言では言い表せず、それでも確かなことはあった。

司は鍵を受け取り、まっすぐに雪乃を見て答えた。

「構いません。雨ちゃんが幸せになるなら」


スマホに表示される地図を頼りに、雨は坂道を上ってゆく。先日、司に電話で紹介してもらった介護支援施設を訪れる予定だ。

日下も千秋も、雨が決断したことに驚いている様子だった。でも、雨は現実的に行動することに決めたのだ。自分で動けるうちに、時間を有効に使わなくてはならない。まして、雪乃の負担になることだけは避けなければならないから。

到着したのは、『ながさき心の里』という名の施設で、建物の外観も、中も、清潔そうな雰囲気だった。

予約をしていたため、職員が、すぐに館内を案内してくれた。

「ご存じかもしれませんが、ここでは日常的にサポートが必要な方々が暮らしていらっしゃいます」

雨は熱心に説明を聞いた。気持ちが沈みがちになるが、そんなことは言っていられない。できるだけ具体的に話を聞き、自分がここで世話になるイメージをつかもうと試みる。

「それで、逢原さん。今回、入所を希望されておられるのは？」

その質問に、雨ははっきりと答えた。

「わたしです」

当然、職員は驚いた顔をする。

「え、でも……」

と、雨の全身をさっと見たようだ。

「今はまだ平気なんです。けど、あと二ヶ月もしたら……ううん、早ければ三週間後。一人じゃ何もできなくなりますので」

できるだけ冷静に説明する雨の姿を、離れた場所から、日下と千秋が見ていた。

一通り施設を見て回って、雨は中庭のベンチに腰掛け、ぼんやりとした。千秋が心配そうな顔で目の前に立つ。

「思ったんです。強くならなきゃって……でも――」

声が震えて、表情が崩れてしまった。

「一人になるの、やっぱり怖くて」

言葉にすると、恐怖が大きな波となって、どっと押し寄せてきてしまう。

「ばあちゃんがいなくなって。太陽君にも逢えなくて。声も、景色も、味も、匂(にお)いも、感触も。なんにも分からなくなるって考えたら……すごく怖くて」

震えながら、泣きながら、雨は改めて考える。その時が来たら。どうやって、生きている実感を得られるのだろう？　誰が雨を、雨として認識してくれるのだろう？　自分自身さえ、何もかもが、分からなくなってしまうのに。

千秋はただ、悔(くや)しそうに拳を握っている。その後ろに立つ日下は、やっぱり何も言おうとはしなかった。

5

陽平との約束通り、太陽は努めて普段通りに生活を送り、仕事も懸命に頑張るつもりでいた。

朝早くに仕事場に行き、身を粉にして働いた。しかし、達夫に命じられ打ち上げ筒の手入れをしている時だ。雄星が来客を知らせてきた。いったい誰がと外に出てみると、そこにいたのは望田司だった。

「すみません、突然。話があって」

いつもの余裕のある感じではない。司は緊張感を漂わせ、何かを決意した眼差しで太陽を見ていた。

工場内の、貯水槽近くのベンチに並んで腰掛けると、すぐに司が口を開いた。

「話というのは、雨ちゃんのことなんです」

そうだとは思った。司は、続ける言葉を探しているようだ。太陽は察した。

「安心してください。雨ちゃんにはもう逢いませんから。雨ちゃん、司さんのこと大事に考えてますよ。だからなんの心配も……」

「僕は彼女と付き合っていません」

予想外の言葉だった。固まる太陽に、司は衝撃的な言葉を続ける。

「それに、雨ちゃんは僕のことなんて好きじゃない」

太陽は息を呑んだ。

「なら、どうして？」

「病気なんです」

何かで頭を殴られた気がした。病気？　病気って、どういうことだ。

「五感を失うものらしい」

「待ってください！　なんですか、五感って？　なんて病気なんですか⁉」

「病名までは分かりません。でも――今はもう、味覚も嗅覚もないみたいで」

そんなバカな、という言葉を、太陽は呑み込む。唐突に、思い出したことがあった。

あれは――そうだ。事故のあと、雨にマカロンをもらった時だ。箱の中からひとつ、太陽がつまんで口元に持っていったマカロンを、雨が齧った時。

雨は泣いたのだ。笑っているのに、ものすごく悲しそうに泣いた。

『甘くて美味しいなあって……自画自賛して泣いちゃったよ』

その違和感を無視できず、太陽は一度別れてから、また道を引き返した。

「近い将来、視覚も、聴覚も、触覚も失うって……そう言っていました」

激しい動悸がして、太陽は愕然とする。どこからか、雨が太陽を呼ぶ声が聞こえる気がした。

太陽君、と――。いったいいつから、彼女の本当の笑顔を見ていないだろう？

「だから、嘘をついたんです。太陽君のことが好きなのに、邪魔にならないように君の前からいなくなろうとした」

告げられる内容に衝撃を受けながら、腑に落ちる自分もいた。雨なら、そうするだろう。

「でも本当は、君の花火が見たいんです……」

太陽は息が苦しくなって、喉に手を当てる。

様々な雨との想い出が、フラッシュバックする。

『太陽君にはきっと、わたしなんかよりふさわしい人がいるよ。あなたの花火を見て、心から笑ってくれる女の子が』

どんな想いで。あの言葉を言ったのか。彼女はあの時、どんな表情をしていたのか。

悲しい顔ではなかったか。笑いながら、ものすごく悲しい目を――そうだ。それなのに、自分は気づかなかった。フラれた事実だけを、自分の喪失感だけに気を取られ、彼女と別れた。

「雨ちゃんは今、苦しんでる。たった一人で病気の恐怖と闘っている」

太陽は両手で顔を覆った。

「本音を言えば、こんなことを頼むのは悔しい。でも君にしか頼めない。太陽君しかいないんです」

司は、太陽の肩をつかんだ。

「雨ちゃんの願いを叶えてあげてください」

太陽は、顔をあげ、胡乱な瞳で司を見た。さまざまなことへの理解が追いつかず、どうしていいのか分からない。

「雪乃さんが、これを……」

と、彼が差し出したのは、『アラビアン・ナイト』の児童書だ。

「頼まれたんです。これを取りに自宅に行き、君に渡すようにって。開いてみて」

太陽は言われるまま、表紙をめくった。するとそこには、セロハンテープで繫がれた赤い封筒が挟まっていた。

「雨ちゃんが高校を卒業する時に君のために書いた手紙です。最近ゴミ箱に捨ててあったものを、雪乃さんが拾って挟んでおいたらしくて」

太陽はそっと封筒を手に取り、手紙を広げた。

「――朝野太陽さま」

雨らしい、繊細で美しい文字が綴られている。

「誰かに手紙を書くのって初めてだから、今すごく緊張しています。まずは、お礼を伝えさせてください。

あなたがいたから、すごく幸せな高校生活でした。

あなたがいたから、夢への一歩を踏み出せました。

十年後の約束も、絶対絶対、絶対叶えたいって、そう思えました。

太陽君。わたしたち、これからどんな未来が待っているのかな。きっと、幸せな未来だよね。いつも笑っていられるような、そんな素敵な未来が待っているはずだよね。

今から自分の未来にワクワクしているの。

そんなふうに思えて、わたしはうんと幸せです。

だからね。こんな気持ちをくれた太陽君のことが、わたしは好きです。大好きです。

太陽君。いつも特別扱いしてくれて、ありがとう。

雨なんて変な名前で、ちっとも冴えないわたしのことを、たくさん褒めて、励まして、ちょっと恥ずかしいことも、大袈裟なことも、なんでも素直に言ってくれて、ありがとう。

そんな人、今までひとりもいなかったから――」

太陽はそこで、いったん、読むのをやめた。というより、視界が曇って何も見えなくなった。涙が溢れ、零れ落ち、便箋を濡らす。

ああ、そうか。あの時の言葉は、全部、自分に向けてのものだったんだな。雨ちゃん、どうして……どうして。

必死に目をこすり、続きを読み進める。

「――お姫様になれたみたいで嬉しかった。

もしよかったら、十年後も、二十年後も、もっともっとその先も。生まれ変わってもまたわたしになるから、欲張りだけど、その時も。

あなたの隣にいさせてください」

せっかく司が紹介してくれた施設だ。雨は狼狽える自分を叱咤し、その後も施設内をつぶさに見学した。

娯楽室には、思い思いに過ごしている利用者たちの姿。そこにいる自分を想像した。

しかし、雨は五感がすべてなくなるのだ。

テレビを観ることも、音楽に耳を傾けることも、パズルをすることも、誰かと話すこともない。

ふと、窓辺に置かれた車椅子に目を留めた。

おそらく、日中はああいった車椅子に座り、闇と無音の中で過ごすことになるだろう。

窓辺に座っても、何も見えず、何も聞こえず。陽射しの暖かさを感じることもない。職員に肩を叩かれても、声をかけられても、気づくことはない。

抜け殻のような自分が、そこにいる。

笑顔の浮かべ方も忘れてしまうだろう。

死ぬまでずっと、独りぼっちなのだ。

雨は、たまらず入所者たちに背を向け、肩を震わせた。涙が溢れて止まらない。両手で顔を覆って、嗚咽をこらえた。

そして、足早に、施設を後にした。

帰りのバスを待つ間に、どうにか気持ちを落ち着けた。コートのポケットに手を入れて、あの指輪ケースを引っ張り出す。

蓋を開けると、あの頃と同じ雨粒の輝きが、泣き腫らした目に染みた。

ほとんど衝動的に、指輪を左の薬指にはめようとした。しかし、ハッと気づいて、その手を止める。

この指輪をはめることはできない。すべての決意が無駄になってしまう。

雨は指輪をケースに戻し、再びコートのポケットにしまい込む。すると、スマホが鳴った。司からの着信だった。

「……もしもし」

「雨ちゃん？　今から会えないかな」

とてもではないが、今日は、誰かに会う気力が残っていない。気持ちが不安定なまま司に会えば、また甘えてしまいそうだ。

「ごめんなさい、今は……」

「大事な用事なんだ。頼むよ」

いつも優しく温厚な司が食い下がる。雨は少しだけなら、と彼との待ち合わせに応じた。

6

バスを降りて、長崎駅近くの歩道橋へ向かった。しかし、司の姿は見当たらない。スマホを取り出し連絡をしようとしていると。

「雨ちゃん！」

聞き間違えるはずもない、彼の声が聞こえてきた。雨は驚き、振り返る。太陽が、歩道橋の階段を一気に駆け上がってくるところだ。そのまま息を切らしながら、雨のところまでやってきた。

「どうして……」

「司さんに頼んだんだ。雨ちゃんを呼び出してほしいって。俺が電話しても出ないと思って」

そういうことか。どうりで司が食い下がると思った。

「どうしても逢いたくて。それで……」

「しつこいよ」

雨は冷たく言い放つ。

太陽は苦しそうな顔をする。構うものか。何度でも言わなければならない。雨は、太陽のことなど、少しも好きではないのだと。

「わたしは司さんと付き合ってるの！　だから二度とこんなことしないで！　わたしはもう……もう、太陽君には逢わないって決めたの！　だから――」

「もういいから！」

太陽が、耐えきれないといった様子で遮った。

「司さんに聞いたよ。五感のこと」

足元から、崩れ落ちるかと思った。今、なんて？

「雪乃さんから手紙ももらったんだ。雨ちゃんが高校生のときに書いた手紙」

血の気が引くとはこういうことか。雨は両手をぎゅっと握りしめ、必死に堪えた。今ここで、倒れこまないように。みっともなく泣き出してしまわないように。

「だったら……だったら尚更、逢いに来ないでよ」

太陽は雨を見ている。昔と同じ、何かを決意したような強い瞳で。駄目だ。彼にそんな顔をさせては駄目だ。

「逢ったら、もっと苦しくなるから……」

「雨ちゃん」

聞きたくない。聞いては駄目だ。

「一緒にいたくなっちゃうから……だから……だからもう、逢いに来ないで！」

雨は悲鳴のように叫ぶと、歩道橋の階段をかけ下り、停車中の路線バスに飛び乗った。同時にドアが閉まり、出島方面へとバスが走り出す。

雨は後方の席にふらふらと座り込み、小さくなって俯いていた。今さっき、何が起こったのか、必死に整理しようとする。

太陽が知ってしまった。

彼は、何かを決めた顔つきでやって来た。

雨は彼から逃げ出してしまった——。

「雨ちゃん」

ひそやかな千秋の声に顔を上げる。千秋は立ち、窓の外を見ている。雨もハッとしてそちらを見た。

太陽が追いかけてきている。懸命に、必死に、走っている……。

「どうして」

大粒の涙がこぼれ落ちる。

雨にフラれたあの夜、父は太陽に言った。

『もしもお前の好きな子が、一人で泣いて悲しんでいたら、そのときは、何を置いてでも駆けつけてやれ』

雨はずっと泣いていたのだ。ずっと悲しみ、苦しんでいた。いつからなのかは分からない。でも今、太陽はようやく知った……それならば、取るべき行動はひとつだ。

太陽は走った。息が上がっても、足がもつれても、必死に走った。

先日、八年ぶりの再会の前に、見覚えのある傘を追いかけた時、太陽は諦めてしまった。彼女に合わせる顔がないと。

でも太陽は再び彼女に約束をした。

『だからもう諦めない。自分の目を言い訳にしたりしない。何年かかっても、君の心に俺の花火を届けてみせるよ』

バスは確実に遠ざかってゆく。太陽は無理に距離を縮めようとして、転んでしまい、肘と肩を痛めた。それでも立ち上がる。顔を歪め、再び走り出す。

交差点に差し掛かる。太陽は車道に飛び出すが、クラクションの音が響いてたたらを踏む。道を渡ることができない。まして、先日太陽は事故に遭ったばかりだ。

　その間に、バスはさらに小さくなる。

　雨はバスの後ろの窓から、太陽を見ていた。道路を渡れず立ち往生する彼が小さくなってゆく。もう見ていられない。席に戻って、両手で顔を覆う。

　バスが『大波止通り停留所』に着いた。客はほとんどいなくなった。雨は咄嗟に、開かれたドアに目をやる。降りたい……でも、駄目だ。千秋が訊いた。

「いいの？」

　見ると、彼女も目に涙を溜めている。日下もいたが、彼は無言のまま雨を見ている。

「本当にいいの？」

　雨は俯き、首を振る。雨ちゃん、と促されるように千秋に名前を呼ばれても、ただただ、首を振った。涙は止まらず、肩が震える。

　バスは停留所を発車した。

　再びスピードを上げる車内で、雨は声を殺して泣いた。太陽は、もう諦めただろうか。それともまだ、走っているのだろうか。苦しいだろうに。転んで怪我をしなかっただろうか。悔しくて、もどかしい思いをしていないだろうか。

　彼のことを想像すると、胸が痛くて、苦しくて、いたたまれなくて……でもどうにもできず、雨は狭い席の空間に自らを閉じ込めるようにして、俯き、泣き続けていた。

するとと。

「イフタフ・ヤー・シムシム……」

低く柔らかな声が聞こえたのだった。

驚き顔をあげると、目の前に日下が立っている。

「この魔法にかけられたら、心の扉も開いてしまう」

と、彼は言った。雨は言葉もなく、涙に濡れた瞳で日下を見上げる。

「素直になれる特別な呪文です」

そんなことは分かっている。でも、意味が分からない。どうして日下が。

「あなたは今日の選択をいつか後悔するでしょう。彼のもとへ行っても、行かなくても、必ず後悔する。だったら今は、すべてを魔法のせいにして――」

日下は、そっと微笑んだ。初めて見る。この案内人が、こんな風に優しく笑うところを。

「幸せな後悔をするべきだ」

その時――。

幼い頃、雪乃に言われた言葉が、はっきりと蘇った。

『大人になると、苦しいことや悲しいことがたくさん起こるわ。でも、雨に魔法をかけてくれる人もきっと現れる。だから、そんなときは遠慮せず――魔法に助けてもらいなさい』

雨は目を大きく見張る。涙が手の甲に落ちた……そして。

「ドアが閉まります。ご注意ください」

車内アナウンスに続き、ドアが閉まる音に、弾かれたように立ち上がった。

「降ります！」

雨は運転席に向かって叫んだ。

「ドアを開けてください！」

夕暮れが迫る国道沿いの車道を、雨は走った。橙色の光で空気までが染まって見える。影になった場所はすでに暗く、光と闇のコントラストに視界が曖昧になる。それでも雨は、必死に走る。風景が飛ぶように後ろに流れてゆく。

走りながら考える。もしも魔法が使えたら。どんな願いを叶えよう。

幼い頃は、無邪気な願い事をした。母と祖母と三人で暮らしたいと言って、雪乃は笑ってくれたけれど、きっととても困らせた。

でも今は――決まっている。願いはたったひとつだけ……。

出島にかかるいくつもの橋のひとつ、その上で、雨は足を止めた。

視線の先には太陽がいる。ふらつく足取りで、それでも懸命に足を前に繰り出し、こちらへと近づいてくる。

「雨ちゃん……」

息が切れているためか、それとも、予想外のことだったのか。言葉が続けられない様子の太陽に、雨は微笑み、ポケットから指輪のケースを出して見せた。

「春陽ちゃんが届けてくれたの」

ものすごく驚いている太陽に、雨はさらに言った。

「ねぇ、太陽君。わたしの指輪の精になりたいって本当?」

太陽は真剣な顔のまま、頷いた。雨は指輪をケースから出し、右の薬指にはめる。

「願いごと……してもいい?」

「いいよ……」

分かっている。これは、叶ってはいけない願いごと。でも今は――今だけは。

雨は心を込めて、左手で指輪を擦った。

「お願い、太陽君」

太陽は顎を引き、唇を引き結ぶようにする。強い眼差し、覚悟を決めたような口元。雨もまた彼から目が離せないまま。

「目が見えなくなっても」

声が震えるのはどうしようもできない。

「耳が聞こえなくなっても」

目の縁が熱くなり、涙が盛り上がる。

「味も、匂いも、感触も、全部分からなくなっても――」

震える唇で告げる。雨の本当の願いを。

「わたしのこと……好きでいて」

太陽が雨の腕をつかみ、自分の胸の中に抱き寄せた。嗅覚があればきっと感じただろう。太陽の匂い。汗と、それから、花火の匂い。今は感じることはできない。けれど、確かな熱と、暖かさが、雨を包み込んだ。

「変わらないよ」

少し掠れる声で太陽は言った。

「変わらないから。俺は……君が、どんな君になっても」

強く強く、雨を抱きしめた。

「ずっとずっと大好きだから」

雨は、堰を切ったように泣き出した。太陽はその涙ごと包み込むように、さらに強く雨を抱きしめる。

今だけは――今、この時だけは。

願いごとが叶った幸福な女の子でいることが、許されるだろうか。

夕陽が染める川面の輝きの中、二人はいつまでも、いつまでも、互いの感触を確かめあい続けていた。

束の間の幸福を手にいれた恋人たちを、日下と千秋は遠く離れた場所から見やった。

千秋は意外な思いだった。奇跡の対象相手に感情移入してしまう千秋を、日下はいつも窘めていたのに。

「日下さん、どうして?」

なぜ、雨の背を押すようなことを言ったのだろうか。『アラビアン・ナイト』の呪文まで持ち出して。

「彼女はこれから先、もっと辛い思いをすることでしょう。彼もきっと。しかし、それでも——今だけは幸せな道を選んでいい。そう思ったんです」

千秋はさらに驚いた。日下がこんなに切ない表情をするなんて。

千秋たち案内人は、上層部が決定した〝奇跡〟の行く末を見守り、報告するのが仕事だ。日下は最初から、五感を奪う奇跡について、その過酷さを忠告していた。

もしかしたら……彼は過去に、同じ奇跡を見たのかもしれない。そしてその結末は、残酷なものだったのだろう。

それでも。

千秋は橋の上、いつまでも抱き合っている二人を見て、願わずにはいられなかった。

どうか。少しでも長く、などとは言わない。タイムリミットからは逃げられない。でも、どうか。二人の今この瞬間の幸福が、可能な限り大きな輝きとなって、彼らを照らし続けますように。

残照が見せる最後の輝きに、千秋はただそれだけを、強く願った。

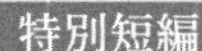

Rain Story

クリスマスと小さな二文字

宇山佳佑

その二文字が言えなくて、いつもなんだか、もどかしい。
ほんの二文字。たったの二文字。
誰かが聞いたら呆れてしまうような、そんな些細で、小さな二文字が……。

「ごちそうさま。美味しかった」

逢原雨は、まんぷくのお腹を撫でながら向かいに座る祖母・逢原雪乃に礼を言った。

先に夕食を終えていた祖母は、ブラックコーヒーをすすりながら「それはよかった」と目尻に皺を寄せて柔らかく微笑んでいる。

「実は今日、本社でザラメをもらったの」

「ザラメって、お砂糖の？」と雨は大きなその目をパチパチさせた。

「誤発注して大量に余らせちゃったんだって」

祖母は長崎駅の近くのカステラ店で長年働いている。今は店舗勤務だが、何年か前までは本社で仕事をしていたこともあるらしい。今日たまたま立ち寄ったところ、仕入れ部門がカステラ作りで使用するザラメを大量発注してしまい、その少しをお裾分けしてもらったようだ。

雨は「ああ、なるほど」と心の中で手を叩いた。どうりで今日の夕食はどれもこれも甘かったわけだ。大根の煮物に、魚の煮付け、おまけに小さなすき焼きまである。さっきから口の中が甘々で、濃いお茶が飲みたい気分だ。

「あ、じゃあ、太陽さんに少しあげれば？」

「太陽さん？」

「うん。ザラメ、好きなんだって。ちょっと前もね、カステラにザラメをつけて食べてたの。自分で買ったザラメをだよ。わたし、びっくりしちゃって。舌が子供なんだよ」

「ふーん。そう」

思いのほかあっさりした祖母の返答に、雨は「なあに？」と眉根を寄せた。

「ううん。いつまで『太陽さん』って呼ぶつもりなのかなぁって思って」

その言葉に、「へ？」と間の抜けた声を漏らしてしまった。

「仲良くなってもう半年以上経つんでしょ？　なのに今でも『太陽さん』。随分よそよそしいじゃないの」

「だ、だって、先輩だし……」

こういう話題はやめてほしい。恥ずかしくて耳が熱くてたまらない。

しかし雪乃は追撃の手を緩めない。

「先輩って言っても、普段の会話はタメ口なんでしょ？　けど、名前を呼ぶときだけは『太陽さん』。いい加減、『太陽君』に変えてみたら？　ばあちゃんだってそう呼んでるし」

「それは……」

「距離、縮めてみたら？」

言われっぱなしはどうにも悔しい。だから雨は唇をへの字にして、

「ばあちゃんが馴れ馴れしいんだよ。はい、おしまい。ごちそうさま」

そう言って、食器を重ねて逃げるように席を立った。

二階の自室のベランダに出ると、十二月の冷たい風に心と身体を冷ましてもらった。もうすぐクリスマスだというのに、ちっとも寒さを感じない。きっと、さっきのやりとりのせいだ。

雨は、北風にため息を預けて、手すりの向こうの夜景を眺めた。

空気が澄んだこの季節、長崎市内の夜はただひたすらに美しい。

長崎港を中心としたすり鉢状の地形に家々が建ち並び、そのひとつひとつに光が灯っている。マンションに、家屋の窓に、街灯に、人の営みのしるしが色づいているのだ。その真ん中には、ぽっかり空いた真っ暗な海。反射した街の光を浴びて波が鮮やかに笑っている。さすがは世界三大夜景。圧巻の輝きだ。

しかし十年近くこの街で暮らしている雨にとって、これはありふれた日常の風景だ。かつてこの家に越してきたときは、あんなにも感動したのに。

彼女は見慣れた夜景に向かって「そんなの分かってるよ……」とぽそりと呟く。

ばあちゃんが言ってることは嫌ってほどよく分かる。

わたしだって、その二文字がもどかしい。

『さん』から『くん』の、たったの二文字が……。

六月の雨の季節に出逢った二つ上の朝野太陽さん。今まで友達らしい友達なんていたこともないし、ましてやそれが異性だなんて、わたしの人生で一番びっくりなできごとだった。だから最初は「朝野先輩」って呼んでいた。彼との距離感が摑めなくて。

でも二学期になって「太陽さん」って初めて呼んだ。自然にそう呼ぶことができた。

きっかけは、彼がくれた言葉だった。

「――雨はこの世界に必要だよ」

放送室で、学校のみんなが聞いてる中で、彼は勇気を出してそう伝えてくれた。その言葉が嬉しくて、思わず「太陽さん」って呼んでいた。以来ずっと『太陽さん』だ。それが当然だって思ってた。年上だし、先輩だし、敬意を込めて太陽さんって呼ぶべきかなぁって。でも最近ちょっと、ううん、かなりモヤモヤしている。

ばあちゃんが気軽に「太陽君」って呼ぶたびに、彼のクラスの女の子がなんの気なしにそう呼ぶたびに、なんだか胸がザワザワするんだ。わたしもそう呼べたらな……って思ってしまう。

雨はベランダから部屋に戻ってベッドに倒れ込んだ。

そうだよ。もっと自然に、もっと気軽に、当たり前のように「太陽君」って呼んだらいいのに。彼は嫌な顔なんてしないと思う。けどな――。

呼んだらきっとバレてしまう。

胸に隠した『好き』って気持ちが……。

やがて夜気(やき)が雨を眠りへと誘った。

夢の中でも「太陽君」とは呼べそうになかった。


雨は朝が苦手だ。低血圧に加えて寒さも苦手で、冬になると羽毛布団が恋人になってしまう。ぎゅって抱きしめて離れられなくなるのだ。だから近頃は朝寝坊が続いている。気づけば今日も遅刻ギリギリだ。

ボサボサの髪をなんとかかんとかセットして、慌ただしくバタバタ駆け回りながら身支度(みじたく)を整えていると、朝のニュースを見ていた雪乃が「昨日は変なことを言ったね」と声をかけてきた。雨は弁当箱の蓋(ふた)を閉める手を止めて、ダイニングチェアに座る祖母に目を向けた。

「でもね、ばあちゃん、嬉しかったのよ」

「嬉しかった?」

「雨に、呼び方を悩むような人ができて」

「べ、別に、悩んでなんか……」

モジモジしながら雪だるまの絵柄の入った風呂敷で弁当箱を包んだ。

「あと三日でクリスマスね。特別な日だし、それをきっかけに変えてみたら? 呼び方。

彼も嫌な顔なんてしないと思うよ。だから――」

「分かってる」と遮ってしまった。「でも無理だよ」

「どうして？」

「だって……」

「勇気がないから？」

雨は顎だけで頷いた。

「奇跡でも起きなきゃ、勇気なんて出せないよ」

「奇跡……？」と祖母は、その言葉を嚙みしめるようにして繰り返した。

なんとなく口にした『奇跡』という言葉。そんなの、この世界にあるはずないのに。

「どんな奇跡が起こったら勇気が出るのかな？」

雨は返答に困った。次の言葉を探していると、テレビの画面に目が留まった。気象予報士が九州地方の天気を伝えている。どうやらしばらく晴れが続くらしい。だから、

「クリスマスに雪が降るくらいの奇跡」

「雪？」

「こーんな大きな雪だるまが作れるくらいの大雪」

弁当箱を手にしたまま、両手を大袈裟に広げてみせた。

北海道でもあるまいし、クリスマスに雪なんて降るはずがない。

そうだよ。奇跡なんて起こらない。だからいいんだ、このままで。

このままずっと、太陽さんで……。

雨は「行ってきます」と弁当箱を鞄に詰めた。


長崎の冬の空はちょっとだけ不思議だ。この季節、雨はいつもそう思う。

朝はあんなにも青空が広がっていたのに、午後になると、どこからともなく雲が沸き立って、あっという間に空の青さを隠してしまう。山々に囲まれた地形のせいかもしれない。

放課後、教室に一人残っていた雨は、開いた雑誌には目もくれず、ぼんやりと窓の向こうの空を眺めていた。考えているのは今朝の祖母とのやりとりだ。

勇気を出せない自分にうんざりしていた。しかしその一方で、雪乃の言うとおり、呼び方を悩める相手がいることが嬉しいと思う自分もいる。

ついこの間までひとりぼっちだったけど、彼と出逢って人生は変わった。他愛ないおしゃべりがこんなにも楽しいって思えることも、数十センチ隣を歩いてくれる人がいることも、「今頃なにをしてるんだろうなぁ」ってついつい考えちゃうことも、どれも素敵で、どれも胸がチクチクするような愛おしいことだって、彼は、太陽さんは、教えてくれた。

恥ずかしいくらい大袈裟だけど、幸せだなって毎日勝手にそう思っている。だからこそ、『太陽君』って呼んでしまって、その関係が壊れることが怖かった。もし呼び名を変えて、いじわるな同級生にからかわれてしまったら。それが原因で疎遠になってしまったら。幸せな今が、気まずさという分厚い雲に覆われてしまったら……って、悪いことばかり考えて勇気が出せずにいるんだ。

　意気地なしの自分にため息を漏らして、気を取り直して雑誌に視線を戻す。今人気のスイーツを紹介する情報誌だ。今月号の特集は、目の前に迫ったクリスマスに関するものだった。世界各国のお菓子にまつわるイベントや、聖夜に食べられているスイーツなどが載っている。雨は、そのひとつに注目した。

　へぇ、このお菓子って、そういう言い伝えがあったんだ……と、思っていたら、

「――雨ちゃん」

　少し鼻にかかった声。太陽だ。雨はドキリと顔を上げた。

　ギギギ……と錆びたブリキのおもちゃのように、ぎこちなく顔だけを向けると、後方のドアのところに彼が立っていた。いつもの柔らかな笑みを浮かべて、軽く手を上げている。

「よかった。まだいて」

　彼の表情も心なしか固かった。そして、少し震えた声で、

「あのさ、もしよかったら一緒に帰らない？」

　どうしよう。一瞬迷ったけれど、心はもう幸せな色に染まっていた。だから、

「か、帰る……」と、こくんと頷いた。

　二人が通う県立長崎高等学校は急峻（きゅうしゅん）な坂の上にある。だから路面電車やバスなどの公共交通機関の乗車口まではしばらく歩かなければならない。立派な家々が立ち並ぶ住宅地を抜け、そこから細い階段を下り、さらに石畳（いしだたみ）の坂道をゆく。この石畳はよく見ると斜めに敷かれている。雨が降ったときに溝（みぞ）に向かって水が流れるための工夫（くふう）らしい。

　学校を出て五分、最初はポツポツ交わしていた会話だったが今はもう風前（ふうぜん）の灯火（ともしび）だ。彼は話題を見つけて、あれやこれやと話しかけてくれている。しかし一方の雨はそのボールを上手（じょうず）に返せないでいた。今朝の祖母の言葉のせいもある。だけどそれ以上に、彼をまっすぐ見ることができない大きな大きな理由があった。

　ここ一ヶ月半、雨は太陽のことをちょっとだけ避けていた。

　彼と前にした〝線香花火の勝負〟が原因だ——勝った方が負けた方になんでもいっこだけお願いができるという勝負だ——。

　あのとき、雨は「太陽さんとこんなふうに仲良くなるなんて、すごく不思議。最初の印象、最悪だったから」と冗談っぽくそう言った。

「そのことは言わないでよ」と太陽は、はにかんで笑っていた。

「だって変なこと言うんだもん。晴れた空から雨が降っているとき、赤い傘に入っていた二人は……その……運命の赤い糸で結ばれる、だなんて……」

初めて一緒に帰った日、あの赤い傘の下で彼が言った迷信だ。

「でも迷信だもんね。そういうのは当たらないから――」

「嘘なんだ」

「……え？」

「それ、俺が作った嘘の迷信」

その言葉に、思わず息が止まってしまった。

ばあちゃんが言ってたとおり、本当にわたしの運命の人に……？

そんなワケない。うぬぼれすぎだ。

自分にそう言い聞かせて平静を装った。恐る恐る視線を向けると、線香花火の勝負に勝った彼が、なにやら言いづらそうにモジモジしている。

どんなお願いをするつもりだろう？

もしかして、付き合って……だったりして。

そう思った途端、恥ずかしくてまた顔を伏せてしまった。

結局、彼は「やっぱり、ちょっと考えさせて」と願いごとを保留にした。

あのとき、太陽さんはなんて言おうとしたんだろう……。

以来、恥ずかしさに心が捕らわれ、彼を避けてしまっていた。

願いごとは、今も分からないままだ。

「──あのさ」と路面電車の停留所の近くで彼が口を開いた。

「変なこと訊いてもいい？」

「変なこと？」

「うん……。最近、俺のこと避けてる？」

図星を衝かれて肩が震えた。

「あ、いや、気のせいかなって思ったんだけど、なんだかちょっと気になっちゃって」

「さ、避けてないよ。期末テストとか色々あって忙しかったから……」

「ならよかった。ごめんね、変なこと訊いて」

雨は無言で首を振った。一方の太陽は、気まずさを振り払うように、

「あ、学校、明日で終わりだね。冬休みなにするの？」

「えっと、宿題して……年越して……初詣行って……そのくらいかな」

なんて退屈な年末年始なのだろう。ため息が漏れそうになる。

「じゃあ、クリスマス……」と彼が弱々しく呟いた。

「え？」

「ううん、なんでもない」と太陽は苦笑い。

雨は鞄を持つ手に力を込めた。祖母の言葉が心の中でリフレインした。

──あと三日でクリスマス。特別な日だし、それをきっかけに変えてみたら？　呼び方。

誘ってみようかな……。

そして呼吸を整えた。勇気を出して次の言葉を――、

「じゃあ、次に逢うのは来年だね！」

先に彼がそう言ったので、途端に弱気になってしまった。

「そ、そうだね。良いお年をだね」

「良いお年をか。まだちょっと早い気もするけど」と太陽は空笑いを浮かべた。

そして、会話も終わってしまった。

もうバイバイの停留所だ。

ほんの数十センチ隣を歩く太陽。その距離が今はうんと遠く感じられる。

もしもクリスマスに誘えていたら。

もしも「太陽君」って呼べていたなら。

この距離を、ほんのちょっとでも縮められるのかな……。

でもやっぱり怖いんだ。

「好き」って気持ちを知られてしまいそうで。

見上げると、雲は流れて眩しい太陽が空の真ん中で微笑んでいた。

奇跡の予感は、微塵もなかった。

二日後のクリスマス、長崎市内は予報通り快晴に見舞われた。最高気温も十三度と、平年に比べて四度ほど高い。雲ひとつない爽やかな青空の日だ。

自室の勉強机で数学の宿題に取りかかっていた雨は、カタカタと窓を叩く風に呼ばれてその手を止めた。目をやると、午後の優しい陽射しが窓をすり抜けて宙に七色のプリズムを描いている。漂う埃は陽光を受けてダイヤモンド・ダストのように煌めいていた。

空気を入れ換えようと思って窓を開けると、どこからか教会の鐘の音が聞こえた。

幼い頃、母と暮らしていた福岡のクリスマスに比べて、長崎の十二月二十五日は特別な日に感じられる。古くからキリスト教文化が根付いている街だからだろう。厳かで、清らかで、神聖な空気が街全体を包んでいることがこの部屋からでもよく分かる。

ベランダに出て、所々ペンキが剝げた手すりに触れると、木は太陽のぬくもりに溢れていた。

今日はあったかいな……。

晴天をどこか悲しく思うのは、きっと奇跡を求めているからだ。

「雪が降るくらいの奇跡……か」

溢れた言葉が風に消えると、そのとき、リビングで電話が鳴った。

西の空を美しい橙色に染めていた太陽は、今日の役目を終えて山の向こうへ帰っていった。それを合図に街は美しく輝く。クリスマスの今夜、その煌めきはいつも以上に眩しく感じられた。きっと雨の心が鮮やかな色に包まれているからだろう。

リビングの時計は六時を指している。いつもよりちょっとおめかしをした雨は、コート・ラックに掛けてあるモスグリーン色のコートをひょいっと取って玄関へ向かう。

あ、いけない。忘れるところだった。

テーブルに置いてある小さな赤い紙袋を手に取った。

電話機に目を向けると、さっきのやりとりを思い出してニヤけてしまった。

電話は、なんと太陽からだった。彼は雨にこう言った。

『急に電話してごめん。今夜、逢えないかな……』

もちろん、すごく驚いた。それに、次の言葉にも。

『渡したいものがあるんだ』

なんだろう、渡したいものって……。

「──あら？　出かけるの？」

雪乃がちょうど帰ってきたので、雨は大慌てで笑顔を隠した。

「うん。ちょっと……」

「デート？」

「違うよ。ばあちゃんこそ、どこ行ってたの？　今日、仕事休みでしょ？」

「内緒。ばあちゃんだってクリスマスに用事くらいあるわ。男の子とデートしてたの」

これから太陽に逢うことを茶化しているんだろう。雨はむぅっと片頬(かたほお)を膨(ふく)らませた。

「寒くないようにね。良いクリスマスを」

「だから違うってば」と、彼女は背を向け、リビングから逃げ出した。

だけど、その足取りはやっぱりうんと軽やかで、気持ちがバレてしまいそうだった。


待ち合わせ場所である長崎水辺(ながさきみずべ)の森公園(もりこうえん)にやってくると、先に到着していた太陽が寒そうに木の陰で首を縮めて待っていてくれた。「太陽さん！」と少し乱れた呼吸で呼ぶと、彼の顔に笑みが咲いた。手にはちょっと大きな紙袋。雨はごくりと息を呑(の)んだ。

渡したいものって、やっぱりクリスマスプレゼントかな……。

わざわざプレゼントを用意してくれたことも嬉しいけれど、それより、なにより、今夜こうして逢えたことが一番嬉しい。クリスマスという特別な夜に。

「ごめん、待たせちゃった」と告げた雨の声は、自分が思うよりも温かい色に包まれていた。

「ううん。俺が早く来ちゃったんだ。約束まで、まだ十分以上あるし」

「でも寒かったよね」

「大丈夫。俺、寒いの得意だから」

だけど唇が震えている。すごく我慢して待っててくれたんだ。

どうしよう。次の言葉が出てこない。「電話ありがとう」とか「誘ってくれてありがとう」とか、気の利いた言葉くらい言うべきなのに。

太陽も緊張しているようだ。彼らは途端に黙ってしまった。

北風が、やれやれとため息を漏らして二人を近づけると、雨が先に口を開いた。

「あのね、わたしも渡したいものがあって。たいしたものじゃないんだけど、これ……」

そう言って、赤い紙袋を彼に渡した。

「お菓子なの。ポルボロン」

「ポルボロン？」と彼は小首を傾げて、袋の中を覗いた。

「スペインのお菓子で、クリスマスに食べたりするんだって。あ、崩れやすいから気をつけて出して」

スペイン語で『塵』を意味する『ポルボ』と、言葉を強調の意味がある『ロン』を掛け合わせた名前のそれは、その名のとおり崩れやすい。クッキーのような見た目に、白い粉砂糖がまぶしてある。

太陽は恐る恐る紙袋からスナック・バッグに入ったポルボロンを出した。

「これ……もしかして手作り？」

「う、うん。お昼に電話もらったとき、ちょうど作ってて」

嘘をついた。彼のためにわざわざ作ったなんて、恥ずかしくて言えるわけがない。

「そうなんだ。でも手作り嬉しい。ありがとう」

こうやって恥ずかしげもなく言えちゃうのは彼の良いところでもある。言われた方は反応に困ってしまうけれど。

「この間、読んでた雑誌にポルボロンの言い伝えが書いてあったの」

「言い伝え？」と太陽は何度かまばたきをした。

「口の中で溶けてなくなっちゃう前に『ポルボロン、ポルボロン、ポルボロン』って三回唱えることができたら、幸せが訪れるんだって」

「そうなんだ！　やってみよ！」

太陽がポルボロンを取った。

「うわ、ほんとだ。崩れそう」と丁寧（ていねい）な手つきで口へと運ぶ。

「いただきます」と一口で頬張ると、彼はそっと目を閉じた。

きっと今、心の中で「ポルボロン」って唱えているんだ。

ごくりと飲み込み、目を開けた。

雨は「ちゃんと言えた？」と訊ねてみた。

ちょっとむせながら「ばっちり！」と笑う顔が子供みたいで愛らしい。

「しかもめちゃくちゃ美味（おい）しい。ありがとう、雨ちゃん」

雨は恥ずかしくて、ただただ首を振るばかりだ。

「じゃあ、俺からもクリスマスプレゼント」

彼が紙袋をこちらへ向けた。受け取ると、思いのほか軽かった。

なにが入っているんだろう？

「見てもいい？」

「もちろん」

そして、恐る恐る中を覗く——と、

「あ……」

雨は思わず声を漏らした。

それから、花のように柔らかく笑った。

袋の中から取り出したそれは、雪だるまだった。

でも雪で作ったものじゃない。これは……。

綿飴の雪だるまだ。

透明なビニールに包まれて、にっこり優しく笑っている。

「どうして綿飴なの？」

「実は今日、雪乃さんに会ったんだ」

「ばあちゃんに？」

「それでアドバイスをもらって。『雨は、雪だるまの綿飴が好きなのよ』って。それからザラメもくれたんだ」

そっか。ばあちゃんはきっと……。

——クリスマスに雪が降るくらいの奇跡。

——雪？

——こーんな大きな雪だるまが作れるくらいの大雪。

意気地なしのわたしのために、奇跡を起こそうとしてくれたんだ……。

「雪だるま、下手くそでごめんね。雪乃さんに作り方を教えてもらったんだけど、全然上手くできなくて。ブサイクだよね」

「ううん。そんなことないよ」と雨は、雪だるまを見た。

まん丸とは言えないいびつな形だ。チョコレートで描いた目と口も少し歪んでいる。だけど、

「可愛い。すごく可愛い」

太陽は照れた様子で「よかった」と後ろ髪を撫でていた。

「食べてもいい？」

「どうぞ。味の自信もないけど」

雨は袋から雪だるまを出し、その端っこを遠慮気味にちょっとだけちぎった。

それからゆっくり口元へ運ぶ。口に入れた途端、甘さがふわりと広がって、本物の雪のように溶けて消えてしまった。でもそれは、奇跡みたいな素敵な味だ。

もう一度、雪だるまを見ると、彼は笑いかけてくれていた。

きっと、こう言っているんだ。

「奇跡は起こったよ。だから、がんばって」って。

そして、雨は心を決めた。

その二文字が言えなくて、いつもなんだか、もどかしかった。

ほんの二文字。たったの二文字。

誰かが聞いたら呆れてしまうような、そんな些細で、小さな二文字が……。

でも、もういいよね。

心の中、雪だるまにそっと訊ねた。

好きって気持ち、知られちゃっても。

気づかれたって、構わないよね？

それより今は、この奇跡を大切にしたい。だから――。

「素敵なプレゼント、ありがとう」

雨の笑顔が夜景に弾けた。

「太陽君……」

彼は驚いているようだ。目をまん丸にして、言葉をなくしている。

でも、すぐに笑ってくれた。それから、雨の作ったポルボロンを見て、ぽそりと言った。

「ほんとだ。言い伝え……」

その声が汽笛(きてき)と重なり、雨は「え？」と聞き返した。

「ううん、なんでもない」

そう言ってはにかむと、太陽は「寒いし、そろそろ行こうか」と歩き出す。

雨は「うん」と隣に並んだ。

いつもと同じ距離だ。

でも、今日ならきっと……。

雨は、半歩、横へとずれた。

心の距離が縮まった気がした。

幸福がじんわり胸を温かくさせる。

それでも、腕の中の贈り物が溶けることはない。

小さく不格好な雪だるまは、雨に抱かれて嬉しそうに微笑(ほほえ)んでいた。

※この作品はフィクションです。実在の人物・団体・事件などにはいっさい関係ありません。

集英社オレンジ文庫をお買い上げいただき、ありがとうございます。
ご意見・ご感想をお待ちしております。

● あて先
〒101-8050　東京都千代田区一ツ橋2-5-10
集英社オレンジ文庫編集部 気付
山本　瑤先生／宇山佳佑先生

ノベライズ
君が心をくれたから　1

集英社
オレンジ文庫

2024年2月24日　第1刷発行
2024年3月26日　第2刷発行

著　者　山本　瑤
脚　本　宇山佳佑
協　力　株式会社フジテレビジョン
発行者　今井孝昭
発行所　株式会社集英社
〒101-8050東京都千代田区一ツ橋2-5-10
電話【編集部】03-3230-6352
【読者係】03-3230-6080
【販売部】03-3230-6393（書店専用）
印刷所　大日本印刷株式会社

Printed in Japan　ISBN 978-4-08-680546-9 C0193

集英社オレンジ文庫

山本 瑤

エプロン男子

今晩、出張シェフがうかがいます

仕事も私生活もボロボロの夏芽は、イケメンシェフが
自宅で料理を作ってくれるというサービスを予約して…。

エプロン男子2nd

今晩、出張シェフがうかがいます

引きこもりからの脱出、初恋を引きずる完璧美女など、
様々な理由で「エデン」を利用する女性たちの思惑とは?

好評発売中

【電子書籍版も配信中　詳しくはこちら→http://ebooks.shueisha.co.jp/orange/】